二ひきのスカンク

MIYAOKA Kazuo
宮岡　一夫

文芸社

もくじ

二ひきのスカンク

二ひきのスカンク

大草原の東のはずれに、一ぴきのスカンクが住んでいました。毛の色が、もえるように赤く、体の色が他のスカンクのように黒くないので、いじめられました。「おばけ！」とか、「ダルマ！」とか、「赤毛病！」とか、悪口を言われました。ときには、みんなに、たたかれたり、けられたりしました。赤毛のスカンクはなみだをいっぱいためながら思いました。（こんな体に生まれなかったら、いじめにあうことなんかなかったのに）と、お父さん、お母さんをうらみました。死にたくなったこともありました。どうしたらよいか苦しみ続けました。いろいろなやんだ後で、赤毛のスカンクは、村をはなれる決心をしました。みんなと出会わなければ、いじめられることはないから、そのためには、自分が死んでいなくなるか、みんなとはなれるしかないと思いました。死ぬのはこわかったので、草原の東のはずれににげてきたのでした。

そこは、じめじめしていて、えさのネズミや昆虫(こんちゅう)などもあまり見つからない場所で、他の動物たちは住まない所でした。あたりは、コケやシダにおおわれた一面緑の世界でした。一人ぼっちのスカンク、これからは「赤毛」とよびますが、赤毛は、しばらくの間は安心してすごしました。しかし、そのうち、さびしくてたまらなくなりました。

「だれでもいいから、いっしょに遊びたいなあ！　友達がほしいなあ！」

と、空に向かって大声でさけびました。本当にめずらしいことでしたが、ウサギやアライグマがまよいこんでくると、

「遊ぼう！」と、赤毛は、大よろこびでかけよりました。しかし、赤毛がウサギやアライグマがそばに行く前に、ウサギやアライグマは、にげ出していて、

「スカンクとは、遊ばないよ。『くさいオナラをひっかける悪い動物だから、遊ぶな！』って、父ちゃんが言ったよ。だから、遊ばないよ」

と言って、にげるように去っていきました。

「だれが悪い動物だなんて決めたんだよ。悪いことなんてなにもしてないのに？」

赤毛は、おこって言いました。

「しょうがないのか？　自分がみんなとちがうんだからしかたがないんだ。赤毛ではだめなんだ。何でこんな色で生まれたんだ！　みんなが陰口（かげぐち）を言っているように、色がちがうのは病気なのか？　病気がうつるとか、早死にすると言われているのは本当なのか？　それに、この体つきだってみんなとちがってる」

赤毛はお父さん、お母さんをうらみました。ふつうのスカンクは、体長四十センチぐらいですが、赤毛は少なくとも五十センチはありました。また、赤毛は、体がブヨブヨと太っていて、動きがとてもにぶいのです。赤毛は、それも親のせいだと思い、親をうらみました。

「こんな赤い体でなかったら、仲間はずれにならなかったのに。もっとスタイルがよくて、走るのがもっと速かったら、いじめられなかったのに。もっと、力が強かったら、いじめるやつらを反対にやっつけることができたのに」

赤毛の目から、なみだがあふれて止まりませんでした。

赤毛は、一人ぼっちにがまんできなくなっていました。どうしたらよいかとなやみました。他の動物たちと仲良くなるのはどうやっても無理だと思いました。そして、決心しました。やはり、同じスカンクの仲間の所にもどるしかないと思いました。

しかし、このまま帰ったら、まちがいなく、前のようなひどいいじめが待っています。いじめられないで仲間の所にもどるには、どうしたらよいかと、いろいろと考え続けました。そして、ある日、やっと考えがまとまりました。

「毛が赤いからいじめられるんだ。みんなと同じ色になればいいんじゃないか。白い絵の具になるものをさがして、体の白いすじもようをかき、後は、何か黒くそまる絵の具になるものを見つけて黒くぬりつぶせばいい！　それに、おれは体がバカでかいのに、にぶいからバカにされるんだから、体をきたえて、いじめられてもやり返せるように強くなればいい。こっちがいじめてやる」

赤毛は、そう考え、村に帰る決心をしたのでした。

赤毛は、黒い絵の具になるものをさがし回りました。黒ブドウの実をいっぱい集めて、つぶして体にぬりまくったり、黒い樹木(じゅもく)の汁(しる)をぬったりしましたが、なかなかうまくぬり上げることはできませんでした。それでも黒い色にすることはできました。しかし、首すじの白いY字型のもようを付ける絵の具になるものを見つけるができませんでした。白くそめる木の実や草木、岩石(がんせき)などは、どこをさがしても見つけることができませんでした。

赤毛は、体を黒くそめ上げることはあきらめ、体をきたえることだけを目標にしました。ランニング・ウエイトトレーニングで体力を付け、空手やボクシングのような相手をやっつける動きの練習を始めました。毎日、朝から晩までやり続けました。赤毛は、歯を食いしばってがんばりぬきました。

二年ほどたつと、赤毛は、がんじょうな体と強い体力を手に入れていました。素早(すばや)い身のこなしもできるようになりました。今は、仲間のだれにも負けないくらいの力がついたと自信たっぷりでした。赤毛は、勇気をもって、草原の真ん中に向かって出発しました。行く先は、もちろんスカンク村です。

大草原の西のはずれに、一ぴきの白毛のスカンクが住んでいました。毛の色が、まぶしいほど白く、みんなとちがうのでいじめられました。「おばけ！」とか、「とうふ！」とか「白毛病！」とか、悪口を言われました。ときには、みんなに、たたかれたり、けられたりしました。白毛のスカンクはなみだをいっぱいためながら思いました。

（こんな体に生まれなかったら、いじめられることなんかなかったのに）と、お父さん、お母さんをうらみました。死にたくなったこともありました。どうしたらよいかと苦しみ続けました。いろいろなやんだ後に、白毛のスカンクは、村をはなれる決心をしました。それで、みんなと出会わない、草原の西のはずれににげてきたのでした。

からからにかわいていて、いつもすなぼこりの上がるような場所でした。えさのネズミや昆虫(こんちゅう)なども あまり見つからない場所でした。他の動物たちも住まない所でした。

あたりは、すなや小石におおわれた一面灰色の世界でした。一人ぼっちのスカンク。

これからは「白毛」とよびますが、白毛は、しばらくの間は安心してくらしていました。しかし、だんだんさびしくてたまらなくなりました。

「だれでもいいからいっしょに遊びたいなあ！　友達がほしいなあ！」

と、空に向かって大声でさけびました。めずらしいことでしたが、ウサギやアライグマがまよいこんでくると、

「遊ぼう！」と、白毛は、大よろこびでかけよりました。

しかし、白毛がウサギやアライグマのそばに行く前に、ウサギやアライグマは、にげ出していて、

「スカンクとは遊ばないよ。『くさいオナラでころされるから遊ぶな！』って、母ちゃん言ってたよ。だから、遊ばないよ」と言って、にげるように去っていきました。

たしかに、スカンクは、自分があぶないとき、てきにオナラをひっかけます。動物たちは、オナラをかけられると、すごいにおいがつきます。そのにおいはいつまでも消えません。とくに、肉食の動物はかけられるとすぐ死ぬことになります。獲物（えもの）をねらって近づいていくと、ねらった獲物（えもの）にすぐ気づかれてしまってにげられてしまいま

す。それで、食べ物がとれないで死んでしまうのです。

「草や昆虫を食べる動物なら、おならで死ぬことなんかないのに？　それに、命のきけんがあるときしかオナラなんかしないよ」白毛は、おこって言いました。

「しょうがないのか？　自分がみんなとちがうんだからしかたがないんだ。白毛ではだめなんだ。何でこんな色で生まれたんだ！　みんなが陰口を言っているように、色がちがうのは病気なのか？　病気がうつるとか、早死にするとか言われているのは、本当なのか？　それに、この体つきだって、みんなとちがっている」

白毛は親をうらみました。ふつうのスカンクは、体長四十センチぐらいですが、白毛は三十センチ足らずと小さかったのです。また、白毛の顔はバランスがくずれていて、いつも暗い顔に見えたのでした。白毛は、それも親のせいだと、親をうらみました。

「こんな白い体でなかったら、仲間はずれにならなかったのに。体がもっと大きく、顔ももう少しましな顔に生まれていたら、いじめられることもなかったのに」

白毛の目から、なみだがあふれて止まりませんでした。

白毛は、一人ぼっちにがまんできなくなっていました。どうしたらよいかとなやみました。他の動物たちと仲良くなるのは、どうやっても無理だと思いました。そして、決心しました。やはり同じスカンクの仲間の所にもどるしかないと思いました。しかし、このまま帰ったら、まちがいなく、前のような、きついいじめが待っています。いじめられないで仲間の所にもどるには、どうしたらよいかと、いろいろ考え続けました。そして、ある日、やっと考えがまとまりました。

「毛が白いからいじめられるんだ。みんなと同じ色になればいいんじゃないか。すじもようの白いY字の部分を残して、何か黒い絵の具になるものを見つけて、体を黒くぬりつぶせばいいんだ！ それに、『おまえは、いつも無口で暗い顔をしているからバカにされるんだぞ』と、みんなが言ってたから、にこにこ顔をつくってみんなに気に入られるようにすればいいんだ」白毛は、そう考え、村に帰る決心をしたのです。

白毛は、黒い絵の具のもとになるものを見つけて回りました。樹木の木の汁に炭を粉にしてまぜたり、木の実の黒い汁をまぜたり、黒い石と石をすり合わせたりして、黒い絵の具を作りました。それを、上手にぬり上げました。白毛は、ふつうのスカンクと見かけは変わらない黒毛に変身しました。白毛はにっこり笑いました。まだまだ変な顔でした。しかし、うまく変身できた満足感で自然に生まれた本物の笑顔でした。白毛は、うまく見かけを変えることはできましたが、明るい表情や仕草をするのは、簡単ではありませんでした。夜、お月様に語りかけたり、鏡代わりの石板に顔を写したりして練習をくり返しました。少し、自分が明るくなってきたかなと思えるようになるのに二年ほどかかりました。

白毛は、勇気を持って、草原の真ん中に向かって出発しました。行き先は、もちろんスカンク村です。

赤毛も白毛も、村に近づいても、すぐに入って行けませんでした。やはり、いじめられた苦しみが思い出されたからでした。村の周りを何回も、何回も回りました。

そして、ある日、二ひきは、ばったりと出会いました。

「赤毛のスカンクさん、どちらにお出かけですか？　ぼくは白毛です。体をそめました」白毛は、にこにこ笑いながら言いました。

白毛のちょっとバランスの悪い顔も、笑うと、とてもこっけいな顔になりました。

「お、お前は白毛だって？　白毛をそめたんんか？　うまくそめたもんだ。おれもそめてみたけどうまくいかなかったよ。おれは、スカンク村にもどるんだ。今までのおれとは全然ちがうだろう。きたえてきたからな。もうボスにも絶対負けない自信があるよ。だから、おれはそめなくていいことにした。お前、ほんとに、うまくそめたな！　見まちがうよ！　それに、うんと明るくなったから、だれも白毛だとは見ぬけないし、みんなからかわいがってもらえるかもしれないよ。それに、もし、いじめられても、おれがしっかり守ってやるからな」

「私も、見ちがえましたよ。すばらしい筋肉ですね。赤毛さんが、赤毛のままもどっていく勇気には感心しました。すごいですよ。私もスカンク村にもどりたいんですが、いっしょに連れて行ってくださいませんか？　あなたといっしょならきっと、いじめられることもないでしょう」

「お前、口がうまくなったなあ！　話を聞いていると、元の白毛とは別のスカンクになってるよ。いいだろう。連れていってやろう。ただし、条件がある。赤毛は、白毛より格が上だと言われているから、おれの子分になることだ。それでいいか？」

白毛は、おかしな言い方だと思いました。いじめられているどうしが、まだ自分が上だとか下だとか言っているのをおかしく思いました。そうやって差をつけて、相手を見下すことがいじめを生むことにつながるんではないかと白毛は気づきました。しかし、白毛は、とりあえず、一人ぼっちからぬけ出せることをうれしく思いました。そして、赤毛の後についていけば、たぶんいじめられることもないのではないかと思い、

「分かりましたボス、よろしくお願いします」とおどけて言いました。

そして、小さい体で、赤毛の荷物と自分の荷物を背中に乗せ、赤毛にしたがってスカンク村に向かいました。白毛は、こんな自分にも何か変だと思いましたが、今はこれしかないんだと自分に言い聞かせていました。

スカンク村に近づくにつれて、大きな木がふえてきました。スカンクは、木のほら

や岩場の岩のすき間が大好きで、そこをすみかにして生活するのです。昼間はそこで休み、夜、獲物をさがしに出かける夜行性の動物です。

　かれらの村は、小さな林の中にありました。木々の間を進んでいくと、一ぴき、二ひき、ボスの子分のスカンクが、見はるようにつきまとって来るのに白毛が気づき、赤毛に耳打ちしました。

「知らんぷりしておれについてこい。おれは、あそこの大木のあたりでかくれるけど、お前はそのまま進んでいけ！」

　赤毛はそう言うと、目にも止まらない身のこなしで木かげにかくれました。

　二ひきの見はりは、急に赤毛が消えたので、あわてて白毛の方に走って近づいてきたときです。その後に赤毛がかけより、仁王立ちになりました。見はりの二ひきは、もともと仲間の中でいじめられている「使い走り」の二ひきでしたから、赤毛の迫力にふるえ上がって、すくんでしまいました。

「おれは、赤毛だ。仕返しにもどってきたんだ。今から、おれの子分になれば、いたい目にあわないですむぞ」

二ひきは、声も出せないで、ただうなずくだけでした。

「いいか、今のうちはボスの子分のままにしていていい。しかし、おれがボスと対決する時になったら必ずこっちに来るんだ。いいか。分かったら、先に村に帰って、おれたちが行くことをボスに伝えるんだぞ！」

赤毛に言われて、二ひきは、一足先に村にもどりました。

赤毛たちがスカンク村に着くと、太い木の前の広場に、ボスのスカンクを真ん中にして、八ぴきのスカンクがならんでいました。つきまとっていた二ひきのスカンクも、はなれて、列のはしにならんでいました。赤毛が先に口を開きました。

「もどってきたぜ。チビもいっしょだが、よろしくな」

ボスより大きく、たくましい体になった赤毛にみんなおどろいているようでした。ボスも、赤毛の他をおどかすようなドスのきいた、自信に満ちた声に、少しひるんだようでした。

今まで、いじめられてきたお返しをしに来たという見はり二ひきのほうこくを受けていたので、内心びくびくしていました。でも、こっちは、みんなで十ぴきもいて、赤毛になんか負けやしないと思い直しました。「よくもどってきたな。だいぶ立派になったようだな。前みたいにいじめられたくなかったら静かにしてるんだな」

ボスは、いばっておどかすように言いました。

「ところで、そこのチビは前にここにいた白毛に似てるが、白くないからちがうな」

白毛は、いっしゅん、きんちょうしましたが、白毛だと気づかれないように、「はい、チビとよんでください。何でもみなさんの言いつけを守りますから、仲間に入れてください」と練習してきたとびっきりの笑顔を作って、はきはきと言いました。

白毛は、何でもいいから前のような苦しい目には、あいたくないと思いました。見やぶられないことをいのりました。

「たしかに白毛とはちがうわ。色もちがうけど、白毛はネクラでいつもおどおどしていた。性格が全然ちがうわ。ま、いいだろう、当分様子を見てから仲間に入れてやろう」ボスは、こう言って二ひきが加わることをひとまずみとめました。

赤毛は、ボスといつ対決するか、機会をねらっていました。白毛は、ひょうきんにふるまって、みんなのごきげんを取って、いじめられないように努めました。それに、いつも赤毛のそばにいたので、いじめられることはありませんでした。

　少したって、赤毛と白毛は、今、グループの中で、「ノロ」とよばれているスカンクが、いじめられていることを知りました。ノロは、動作が少しおそいので、ノロマのノロをとってあだ名が付けられ、みんなからいじめられていました。

「ノロノロしてんじゃないよ」

「ノロマ」と言って、からかうだけでなく、けったり、つついたりするスカンクもいました。他のスカンクたちは、ノロのいじめに加わらないと、いつ、自分がいじめられるか分からないので、いじめに加わっていました。やりたくないけど、やらないと自分がいじめられるので、いじめに加わるスカンクもいました。

　白毛と赤毛は、いじめにあっているスカンクを何とかしてやりたいと思いました。いじめられていたころのつらさがよみがえってきました。

　ある日の夜おそく、広場にスカンクたちが集まっていました。それぞれ夕食を食べ終え、遊びの時間が来ました。

スカンクは雑食で、ネズミや小鳥や昆虫、果実などを食べます。夜に活動し、ネズミをつかまえたり、夜、目の見えない小鳥やアヒルの巣をねらいます。アヒルさえ食べてしまいます。うまくえさがとれないときは昆虫をとって食べるのです。遊びの時間にいじめが始まるのです。

今、スカンクたちは、ノロにとってこさせたバッタを食べています。

「ノロ！　水が飲みてえ！」ボスが、早速いじめ始めました。

ノロといわれているスカンクが、水を運ぶ大きなひょうたんのような物を下げて、出かけようとしたときでした。

「おれも飲みてえ！　チビ！　お前も飲みたくないか！　みんなはどうだ？　飲みたいよな。だったら、みんなで飲みに行こう！」赤毛がボスにけんかをしかけました。

しかし、ボスは動きませんでした。赤毛とチビがぬまに向かいました。ノロと言われているスカンクも、後に続きました。水入れのひょうたんなんて持っていません。ノロもかくごを決めたのです。その次には、見はりをしていた二ひきが、今こそボスと赤毛の対決の時だと思い、二ひきの後に続きました。これで、五対五です。すると、もう一ぴきが続きました。バランスがくずれると、後は次々に続きました。最後に、ボスもついていくしかなくなりました。すごすごとついてきました。一行はぬまに向かいました。

赤毛とチビがぬまに着いたころ、ボスはまだ五十メートルほど後ろでした。その背後、草むらに身をひそませながら、何か大きな動物がついてきていました。大きなピューマでした。水飲み場を先にとられそうで、いらいらしていました。

スカンクに近づきすぎると、高性能バクダンにやられることは知っていました。その武器も一発だけで、二発目の発射には、時間がかかるということも知っていました。しかし、一度も食べたことのないスカンクの肉を食べてみたいとも思っていました。(不意におどかして、六メートル以上はなれた所でオナラをさせてしまえばこっちのもの。後は何もこわいものはない)

かしこいピューマは、計画通り、低いうなり声を上げボスの後ろにかけこみ、十メートル手前で止まりました。そこで、後ろ足で立ち上がり、大きな声でほえました。スカンクたちはみんなすくんでしまい、身動きがとれなくなっていました。

「飛びこめ！　向こう岸まで夢中で泳げ！」大きな声がしました。

赤毛でした。赤毛は、仲間を助けようと思いました。その声で、みんな一せいにぬまに飛びこみました。チビも飛びこみました。向こう岸に向かって必死で泳ぎました。泳いでいくうちに、チビの体の黒い色がみるみる溶け出し、白い地肌が見えてきました。チビは、今、そんなことはちっとも気になりませんでした。これからは白毛になるんだ。本当の自分になるんだと決めました。岸に着くと、てきにねらわれているボスが心配になりました。白毛には、今ではボスも仲間の一ぴきになっていました。

　ボスは、がたがたと、ふるえていました。それでも、自分の命を守るため、ふさふさした長いしっぽを上げ、てきに向かってくさい汁をオナラにして一発、発射しました。ボスは、うまくいったかどうか後ろをふり返りました。失敗でした。ピューマの思うつぼでした。ボスのオナラはてきにはとどきませんでした。

　ボスは、かくれあなが多くある岩場にかけこもうと、一目散に走りました。しかし、足の速いピューマに先回りされて、切り立った大きな岩のかべに追いつめられてしまいました。絶体絶命、今にもピューマが飛びかかろうとしたときです。

真っ白いネコのような動物が、二ひきの間に飛びこんできました。ピューマから三メートルぐらいの所で、動物は、真っ白い体を後ろ向きにさせると、長いしっぽを上げ、しりを高く持ち上げ、オナラの発射のしせいを取りました。ネコのような動物は、白毛でした。

ピューマは、あわてて後ずさりしました。ボスはこわくてたまらなくなって、おしっこをもらしていました。にらみ合いが続きました。

においをかけられたらおしまいです。においをかけられた動物は、一ヶ月もにおいが落ちないで、強いにおいがただようため、獲物をとろうとしても気づかれ、にげられてしまいます。食べ物がとれないので、結局、死んでしまうのです。ピューマは、オナラをかけられた仲間が、死んだことを思いうかべていました。

十分もにらみ合った後、ピューマは、すごすごと、立ち去っていきました。

白毛は、今までオナラを発射したことは一度もありませんでした。ただ、両親から、必ず、てきと六メートル以内に、おしりを上げてかまえて、てきがかかってきたら発射するよう教わったことを思い出しました。そして、両親からもらったすばらしい武器と、その使い方を教えてくれた両親に対して、感謝の気持ちがわいてきました。

みんなが、白毛の所に集まってきました。ボス以外のスカンクたちは、チビが白毛だったことは知っていました。泳いで向こう岸に着いたとき、チビの黒い絵の具は水に溶けて、きれいに落ちてしまっていたからです。

「白毛！　お前、勇気があるな。お前は命の恩人だ。これからは、おれの一の子分にしてやるぞ」てきがいなくなると、ボスは少し強気がもどったように言いました。

しかし白毛はさっき、おしっこをチビっていたボスを見ていましたから、心の中では、「こっちから、おことわりです」とつぶやいていました。

「ぼくらの武器は、ぼくらにしかないすばらしい武器です。おかげで、ピューマにだって負けません。命を守るすごい武器だって、正しく使えないと何にもなりませんよ！」とボスに説教するように言いました。

白毛は、もうにこにこ顔なんか作らないで、元の自分の顔で言いました。

「どうして、今までいじめられてきたボスを助けたんだ。こんなやつピューマに食われちまえばいいのに」赤毛はボスをにらみつけ、ボスに聞こえるように言いました。

もう、ボスの言うとおりにはさせないぞという赤毛の迫力（はくりょく）に、ボスはしっぽを丸めてしまいました。

「自分たちを、いじめてきたボスだって、てきの前では仲間だもんね」

白毛が、さりげなく言いました。赤毛は、自分にもできなかったピューマとの勝負に勝った白毛の勇気に感心していたところに、「ボスも仲間」と言った白毛の言葉を聞いて、白毛に、ただのスカンクとは、思えない何かをひしひしと感じました。

赤毛は、自分が、完全にボスになれたことを実感していました。これも、自分が、いじめられないために体をきたえてきたからなれたんだと思いました。自分の考えは、正しかったんだと思いました。

東の空が白み、すみきった空気が、草原に流れました。静まり返っていた草原に、数羽の小鳥の声が遠くから聞こえてきました。その声がどんどん近づいてきました。水辺に水飲みに、たくさんの鳥がやってきました。

スカンクたちが、白毛の周りに集まってきました。

「チビ、いや白毛！　よくやったな。お前勇気があるよ」

赤毛が首をすくめて言いました。

「白毛かなと思ったけど、ひょうきんだし、気が利くし、ちがうんだと思ってたんだが……」

「ピューマを追いはらうなんてすごいよ」スカンクたちは、口々に白毛をほめました。

「それにしても、よくチビになりすましていたな」

元ボスが、少し元気を取りもどして言いました。白毛は、びびっていた元ボスの姿を思い出し、ふき出しそうになるのをこらえながら、

「工夫して黒くそめたけど、水に入ったら溶けちゃった。でも、もうそめないよ。これは、ぼくにしかない大事なものだから、ぼくは白毛なんだから」

白毛は頭を上げ、胸をはって言いました。

白毛でよかったと思うようになっていたのです。白毛は、他の動物たちからさげすまされている武器が、実際に使わなくても、てきをやっつけることができたすごさに、満足していました。スカンクに生まれてよかったと思いました。

集まってきたスカンクたちは、てきが来たときの仲間を思う赤毛の行動と、自分だ

けにげて、ぶざまでみにくい行動をとった、元ボスとを見くらべていました。水飲みにいくとき、一度、ボスを見かぎったスカンクたちは、赤毛の方がよっぽどリーダーらしいと思いました。それで、赤毛の方に集まってきていました。もう、完全に赤毛が新しいボスになっていました。

水辺で水を飲み終えたたくさんのインコの群れが飛んできて、スカンクたちの近くの木に止まりました。

一羽、二羽、三羽…百羽近くいそうです。木の実のたくさんなる木で、朝ご飯の時間です。初めは、それぞれで食べていました。くちばしを少し開け、固いからをころころくちばしの中で転がしながらわって、中のやわらかい身を上手に食べました。白毛はおもしろがって見ていました。少しすると、いろいろな景色が見えてきました。口うつしに木の実をわたしているインコ。羽づくろいをしているインコ。体をよせ合ってささやき合っているインコ。

「ジュクジュク・ジュクジュク」

口をもぐもぐさせるようにささやき合っていました。木のてっぺんには一羽のインコがあたりを見わたしていました。灰色まだらの見ばえのしない小さなインコでした。インコは、木のてっぺんであたりをけいかいするように見わたしていました。白毛は、体は小さめながら堂々とした動きで、あたりに目をくばっているインコを、すぐ群れのリーダーにちがいないと思いました。赤毛は、そのインコは、リーダーに見はり番を言いつけられた下っぱのインコだと思いました。インコたちは、みんな仲良さそうです。

　インコたちを見ていた白毛は、すばらしいことを発見しました。見てください！赤、白、ピンク、青、緑、黄色、それらが混ざった色、てっぺんのインコのような灰色、黒、みんな色がちがっています。くちばしの色だって、みんなまちまちです。どこを見ても同じインコなんていません。色だけでなく大きさだってちがっています。よく見ていると、動き方だって、鳴き方だってみな少しずつちがっています。そのうち、体の小さい黒いインコをとなりの大きな空色のインコがつつき始めました。黒いインコは身をちぢめるように後ずさりしています。すると、それを見た数羽のインコが、飛んできました。赤毛は、大勢でのいじめが始まるぞと、目を見はりました。でも、その予想は見事にはずれました。飛んできたインコたちは、いじめているインコにつめより大声で注意し始めたのです。いじめていたインコは、何回も頭を足元のえだにこすりつけてあやまっているようです。

この様子をじっと見守っていた木のてっぺんのインコが、ぜんぶのインコたちに聞こえるようにさえずり始めました。いじめを止めたインコたちをほめたたえるようにきれいな明るいさえずりが、あたり一帯にひびきわたりました。白毛は、ほのぼのとした気持ちになっていました。白毛は心がジンジン熱くなりました。白毛は、インコたちから、大きな、大きな宝物（たからもの）をもらったように思いました。

白毛は、スカンクの仲間も、インコたちのようにならなければだめだと思いました。体の色がちがったって、顔かたちや体型がちがったって、そのちがいで仲間を悪者にしたり、さげすんだりしない仲間になっていかなくてはならないと考えていました。

赤毛は、びっくりしたように、身動きもしないで体を固めて立ちつくしていました。こんなリーダーがいるのが不思議でした。自分が仲間の中で一番力も強く、だれにもさからえないよう力でついてこさせることができるからリーダーになれると思っていたのが、何かちがうように思えてきました。今までの自分の考え方は、とうぞくの頭(とう)領(りょう)と同じだと思ったのです。

　赤毛と白毛が、インコの感動にひたっているとき、一ぴきのスカンクが、白毛にすりよってきて言いました。

「これからは、いっしょに遊んでやるよ」

　すると、他のスカンクたちも、

「ぼくも遊んであげるよ」

「おれも遊んでやるよ」

「私も遊んであげるわ」と、口々(くちぐち)に言いました。

　白毛は、一ぴき一ぴきの顔をあきれたように見つめながら言いました。

「目の前のインコたちを見てごらん。みんな色も大きさもちがっているけど、みんな仲良くしてるよ。リーダーは、木のてっぺんの小さい灰色(はいいろ)まだらのインコだと思うよ。よく見てごらん。さっきも、一ぴきのインコがいじめられたら、みんなで注意してたよ」

　それから少し間をおいて、

「分からないの？　インコの様子を見て何も感じないから、『遊んでやる』とか、『遊んであげる』なんて言うんだよ。『いっしょに遊ぼう』って、どうして言えないの？　今のみんなと遊んでも楽しくないから、今日のところは遠慮（えんりょ）するよ」

　と、はっきりと言いました。それを聞いて、キツネにつままれたような顔をしているスカンクたちに、今度はやさしく言いました。

「いっしょに遊びたかったらいつでもおいで。いっしょに遊ぼう！」

　白毛は、ちがいを見つけてさげすみ合う今までのスカンクの仲間とちがって、インコたちがいろいろのちがいを持ちながら、みんなで仲間を守り合っているのに気づいてほしかったと思いました。

　白毛が、スカンク村に向かって歩き出すと、赤毛とノロがついていきました。すると、しばらくして、スカンクたちが、一ぴき、二ひきとついていきました。そのうち、みんなが、後に続きました。最後に、元ボスもすごすごと後に続きました。

赤毛は思いました。今、自分がボスになれたのも、親が自分を大きな体に生んでくれたからだ。目標に向かってがんばりぬく根性を与えてくれたからなんだ。ボスになれたのは、両親のおかげなんだと親への感謝の気持ちも生まれていました。しかし、新しいボスはまよっていました。みんな自分の所に集まったが、本当に自分の考えや本音をぶつけ合える仲間が何びきいるのだろう？　白毛とは何でも言い合えるような気がしたが、他のスカンクたちは、力でついてこさせているだけではないか？　さっき見たインコたちとは何かちがうと考えこみました。そして、しばらく考えました。

昔いじめられていたころ、赤毛も白毛もいじめられているどうし友達になれないかと思ったことがありました。しかし、おたがいに、みんなが言うように赤毛病や白毛病にかかったらいやだと考えて近づけませんでした。特に、白毛は、みんなよりうんと小さくて顔もみにくく、話しかけてもやっと聞こえるような小さな声で答えるだけでした。だれから見ても、（そこにいるだけでいじめられてもいいそんざい）だったのです。

ところがどうでしょう。今ではだれからもそんけいされるそんざいになっています。

あのインコのリーダーと同じだと思いました。赤毛は体はでかいが、おれは何てちっぽけなやつだったんだと思いました。

「白毛さんよ、自分がいじめられないだけじゃだめだよな。いじめはすぐになくさないとな」赤毛が、初めて白毛に「さん」を付けてよんだのでした。

白毛は、にっこりと笑い、顔をかがやかせて言いました。

「赤毛さん、いじめられていいスカンクなんてどこにもいないんです。みんな、ちがっているからいいんです。みんなが、いいところを生かして、助け合っていけばいいんです。いいところがちっとも見えなくたって、差をつけてさげすむことなんて絶対あってはならないことです。いっしょに安心して生きていることこそ大事じゃないですか」

この後、すぐ、赤毛は、みんなによびかけました。

「自分が言われていやなことや、自分がやられていやなことはしないようにしようや！　まず、あだ名や、いじめのない村にしよう！」白毛が大きくうなずきました。

心の中がほのぼのと温かくなりました。ノロというあだ名が、真っ先になくされました。ノロへのいじめもなくなりました。

そして、まもなく、スカンク村では、初めて選挙が行われ、村長が選ばれたということです。その村長さんは、水べで見たインコたちのように仲間をさげすんだり、いじめたりすることのないくらしをする決まりを定め、楽しいスカンク村になったそうです。みなさんは、だれが村長さんになったと思いますか？

（完）

スゲー宝物

　うららかに晴れた春の朝、ひろしは、小走りで学校に向かっていた。

「神様、組かえで、となりの組のガンテツとは、絶対にいっしょにしないでください！　それに、担任の先生は、休み時間いっしょにいっぱい遊んでくれる先生をお願いします」

　今日は、ひろしの五年生の始業式。組かえの名簿は元の四年生の教室の廊下に発表されることになっていた。担任の先生は、始業式で校長先生から発表される。

　ひろしがいっしょのクラスになりたくないといのっていたガンテツとは、本名、大岩哲男、学年一の悪ガキだ。太っていて体重は六十キロ、学年で一番自分が強いと思いこんでいる。そして、すぐキレるし、弱い者いじめをするからみんなにきらわれている。去年の夏、ひろしはすもうに無理矢理さそわれ、まぐれて一回勝ってしまったら、その後、何度もしつこく勝負をせがんでくるので、ひろしはにげ回ってきた。ひろしは、学年平均ぐらいの体格で、運動は苦手だった。

「神様、千夏っちとも、いっしょのクラスにしないでください」

千夏っちとは、一年生入学のときからいつも席が近く、四年生のときはとなりの席で、ひろしが少しでもぼんやりしていると、すぐ注意された。まったく、お節介でうるさくてたまらない女の子だ。テストの成績はひろしがトップで、千夏は少し後だったが、運動では、持久走では一位はとれなかったが、他の運動種目はすべてトップだった。

ひろしは、心ワクワク学校に向かった。学校に近づくと、なにやら校門前がさわがしかった。何があったんだろう？　校門の周りには、十数人の子どもたちが、満開のサクラの木を見上げていた。校門前の文房具店、藤屋のおばちゃんが、ふんわりと雲のようにさきほこるサクラの花に向かってよびかけていた。

「ミーちゃん、下りてきな！　もう、犬は行っちゃったよ。さー、下りてきな！」

ばーちゃんちの子ネコが、犬に追われてサクラの木に上り、下りられなくなったようだ。たしかに、サクラの花にかくれるように、子ネコが身をすくませるようにして、ときどき悲しそうに鳴き声を上げていた。五年生や六年生もサクラを見上げていたが、だれも助けようとするそぶりも見せないで、校内へとはなれていった。

ひろしには、助ける自信がなかった。なにしろ子ネコは、校舎の二階のほど高い所にいる。それにサクラのみきは、根元から二メートルほどはつかまる枝もなく登れそうもない。ひろしは、運動神経がにぶいと千夏にいつもからかわれている。千夏は四年生からバスケット部のレギュラーだから、言われてもしかたがないとひろしは思っている。

「よし、千夏っちをおどろかせみよう！」

ひろしが、めずらしくきけんなカケに出ようとしたときだった。

「よー！　これたのむ！」

突然、ひろしにずっしりと重い皮のふくろに入ったものを手わたすと、

「ばあちゃん、待ってな！　おれが連れてきてやっから」

六年生ぐらいの体格のいい見なれない子が、くつをさっとぬぎ、くつ下を乱暴にぬぎすてると、サクラの木にだきつき、するすると登っていった。あれよあれよという間もなく、子ネコに近づくと、ウインドブレーカーのすそをズボンの中に入れ、チャックを下ろし、子ネコを中に入れると、あっという間に下りてきて、

「あいよ！　ばーちゃん！」

と、チャックを開いて子ネコをわたすと、急いでくつ下とくつをはいた。そして、ひろしから皮のふくろをさっと引き取ると、もう、そこにはいなかった。

「ミーちゃん、よかったね！　お兄ちゃんにお礼を言いたかったけど、今度、会ったら言おうね」藤屋のおばちゃんは、残念そうにつぶやいた。

　ひろしは、あの子はだれなんだろう？　ぶっきらぼうだけどスゲーと思った。あの大事そうな重たい皮ぶくろの中には何が入っていたんだろう？　ひろしは、そう思いながら校内へと急いだ。

　校舎に入ると、まっすぐに元の四年生の廊下に向かった。廊下は、同級生でいっぱ

いだった。まず、自分は何組かをたしかめた。二組だった。次は、ガンテツだ。ガンテツはこの組にはいなかった。しめしめ、次は女の子だ。千夏っちはどうだ？

「あちゃー！　またいっしょかよ！　ま、いいか。ガンテツといっしょじゃなかったからしょうがないか」

ひろしが、二組の教室に入ると、早速、千夏が飛んできた。

「今年もよろしくね」と、笑顔で言った。

ひろしは、照れくさそうな笑みをうかべて体育館に向かった。

今までの担任の木村佳子（きむらよしこ）先生に連れられて、体育館に入った。校歌を歌い、校長先生の話を聞き、いよいよ担任の先生の発表だ。

「一年一組　木村佳子先生」

佳子先生が、真っ先に紹介された。ひろしは、佳子先生はやさしいから一年生でよかったと思った。

決まりを守らない子は、学年・学級に関係なくだれでもきびしくしかるおばちゃん先生、太田先生が担任になったクラスの子どもたちからは、

「え！」

「うええ」

「あーあ」とかいう小さな声が、あちこちで上がった。

いよいよ五年生だ。一組はベテランの阿部先生。さあ、二組だ。固唾をのんで発表を待つ。

「五年二組、佐藤 誠先生。大学を卒業したばかりの新任の先生です」

背の高い、がっちりした体格のハンサムな先生が一歩前に出ておじぎをした。ひろしには、昼休みいっしょに遊んでくれそうな先生に思えた。まだ、知らない先生なのに、あちこちから、

「やった！」

「よっしゃあ！」と言うささやきが聞こえた。

始業式を終え、五年二組の教室に行くと、机の上に名前を書いたカードがセロテープで止めてあった。自分の席に着くと、となりの席に千夏がうれしそうに笑いながら

すわっていた。

「千夏っちと、またとなりどうしかよ！」

「悪かったわね。私が決めたんじゃないからね。今年も、いっぱい注意してやっかんね」

すぐ、二人のけなし合いが始まった。

先生がやってきた。転校生らしい男の子もいっしょだった。腰に皮ぶくろを下げていた。

「あっ！　ネコを助けた子だ！　同級生だったんだ」

佐藤先生は、まず自己紹介をしてから、転校生を紹介した。

「山本健太さんです。栃木市から鹿沼市に移ってきました。では、健太さんから、あいさつお願いします」

「山本健太です。一年生の弟もいっしょに来ました。おれ、勉強はできないけど、遊びは大好きです。いっしょに遊んでください」

みんな、大笑いだった。

父親や母親はどうしたのだろう？　母親がいっしょに来るのがふつうなのに？　と、ひろしは思った。

それから、佐藤先生や健太たち新しい仲間との学校生活が始まった。

佐藤先生と健太は、クラスの雰囲気をどんどん変えていった。

授業中、先生が説明する。意味が分からないと健太は、

「先生、分かんねー」と、すぐ言う。すると先生は、

「健太さんは、すばらしい！　分からないことがあるから、勉強するんだよ。分からないことを分からせていくのが勉強なんだよ。また、分かることでも、もっと早く正確にできるようにするのも勉強なんだよ。健太さんはすごいね。みんなも負けないように質問しようね」

そのときから、手を上げて質問する子がふえてきたとひろしは思った。佐藤先生は、今までの先生方が言わないようなことも言った。それが、ひろしたちには、がつんと心にひびいた。

「先生は、みなさんのお手伝いさんです」

みんなが、ぽかんとしていると、

「みなさんの分からないことは、同じではないよ。みなさん一人一人が分からないことを自分で分かっていくんだよ。そのとき、みなさんのお手伝いをするのが先生の役目なんです」と分かりやすく話してくれた。

「行って、帰って、また行く。これをこのクラスの合い言葉にしましょう」

何をまた言い出すのか目をかがやかせている子どもたちに、先生は話を続けた。

「みんなからの質問(しつもん)が先生のところに行く↓。先生から資料(しりょう)や答えの出し方などのアドバイスがみんなのところに返ってくる。みなさんがもう一度考えて問題をとき、先生のところにまた行って見てもらいたしかめる。これが、『行って、帰って、また行く』です。これをクラスの合い言葉にしましょう」

分からなくてほめられる勉強なんて初めてだった。合い言葉も分かりやすかった。まちがってもしかられない。だから勉強が好きになる友達がふえていった。健太は、自分で勉強できないと言ったとおり、テストの成績(せいせき)は、クラスの最下位だった。しかし、日がたつにつれて少しずつ点数を上げてきた。

ひろしは、手を上げて答えるようなことはめったになかったが、テストの成績はいつもクラスのトップだった。それに、千夏が続いていた。百点なんて一生取れないと思っている健太にはすごいおどろきだった。千夏から、ひろしが、作文や習字や絵のコンクールでも入賞して、昨年、数え切れないほど賞状をもらったことも聞いて、さらにおどろいた。

健太は、校内マラソン大会だけはいつも優勝してきたが、体育以外でたくさん賞状をもらうひろしをスゲーなと感心した。ひろしが、健太をスゲーなとおどろかされたことがあった。それも、授業でだったから、ひろしは、打ちのめされた。

ある授業で、先生がテーブルの上に半紙ぐらいに切った新聞紙を何枚か置いて、

「ここに何枚かの新聞紙があります。これを使ってどんなことができるか思いつくことをできるだけたくさん書き出してください」

と言って、半紙の大きさに切った新聞紙を一枚ずつ配った。

みんなが書き出した。でも、一つ、二つ書くと、みんなの手は動かなくなった。

十分ぐらいして、ひろしがやっと五つ使い道を書き終えたとき、

「先生！　もう一枚ください」と言って、先生のところに行ったのは、健太だった。

先生は、裏表（うらおもて）びっしりと書かれた紙を見てにこにこして、

「健太さんは、先生より使い道を知っている。すばらしい！」

と、言って、もう一枚紙をわたした。

みんなの手はとっくに止まっていたが、先生は、健太の手が止まるのを見計らって、

「では、発表してもらいます。少ない人から発表しよう！」

などと言って先生は、指名していった。ひろしは、六つ目の使い道を発表すると、
後は、健太しか残っていなかった。健太が指名された。健太は、自信たっぷり、大声で発表し始めた。

「もう、発表されたのもあるけど、書いたことを全部読みます。まず、新聞だから、記事を読みます。折ってかぶとやツルを作ります。きれいな絵などは、切り取って飾ります。細かく切れば紙吹雪になります。もやします。魚を焼いたり、温まったりできます。下にしいて使います。お習字のとき下じきにします。野原などですわるときに下にしきます。貼って使います。何枚も貼ってはり子の動物が作れます。たこ上げ

のたこも作れます。ふすまのやぶれもふさげます。溶かして紙ねん土にして物を作ります。ぬれたくつをかわかすのに、丸めて中につめます。ぬらして丸めて紙鉄砲の玉を作って遊びます。物を包みます。コップや陶器を運ぶとき割れないようにすき間につめます。束ねてくず屋さんに売ります。ティッシュペーパーがないとき、かわらでうんちするとき、おしりをふきます」

最後の使い道に、みんなは、大笑いした。

ひろしも笑った。しかし、ひろしは、健太の発表に打ちのめされていた。自分は、たった五つしか書けなかったのに、健太は何てスゲーんだと思った。先生より多く書けてるなんて、本当は一番頭がいいんじゃないかとひろしは思った。

ひろしと健太は、日に日に接近していった。部活もなく、帰る方向もいっしょだったので、二人で帰るようになっていた。

二人は学校帰りに、藤屋によった。子ネコの様子を見に行っては子ネコをじゃらし、ばあちゃんと話をしてくるのが日課になっていた。ばあちゃんと話すと言っても、話すのは健太ばかり。ひろしはいつも聞き役だった。ここでも健太の世間話のうまさに舌をまいた。改めて、健太って、ほんとうにスゲーやつだと思った。

藤屋（ふじや）を出てから、学校のうら手に流れる黒川の川べりを十五分ぐらいはいっしょに帰った。ひろしは、健太のことをいろいろ知ることができた。健太の父ちゃんは鹿沼（かぬま）市の生まれで、栃木（とちぎ）に住んでいるときにも、健太を鹿沼に連れて、子どものころ遊んだ川や山に行って、つりやキノコとりを教えてくれたと話してくれた。たとえば「石ぶち」は、冬、寒くて動けないで石の下にもぐっている雑魚（ざこ）を、長いえのついた鉄のハンマーでたたいて、雑魚が気ぜつして、体をしびらせてうき上がってくるのをあみですくいとる魚とりだと教えてくれた。

そのうち、健太は、日がたつうちに、家庭のことも話し出した。今、母ちゃんは、ひどいぜんそくで寝ていることが多いこと。それで、食事作りは、健太がしていることが多いなどと話してくれた。

「父ちゃんは、いっしょじゃないの？」ひろしは、思い切って聞いてみた。

「おれ、うそつかないと宣言（せんげん）したから、本当のこと言うよ。おれの父ちゃん、酒乱（しゅらん）なんだ。ふだんはやさしくて、いい父ちゃんなんだけど、酒を飲むと止まらなくなって、全部飲んじゃっても、酒くれとあばれ始めるんだ。そして、母ちゃんをぶったり、けったり始めるんだ。それが、警察に知られて、母ちゃんとおれたち兄弟は、父ちゃんからはなされたんだ。父ちゃんに居場所が分からない今の家に移されたんだ」

ひろしは、健太って、こんなにいろいろあるなかで、よく、あんなに明るくいられるのか不思議に思えた。

健太は、新聞紙の使い道をたくさん書いてほめられてから、書写の時間も真剣に取り組み出した。特に、毛筆書写には別人のように無口になって集中して取り組んだ。地区の書道展の審査員をしている佐藤先生もひろし以上にアドバイスをしたり、手を取って筆づかいを教えたりした。そして、地区大会に出品するクラスの代表として、放課後の作品作成にも参加できるようになった。「高山広野」という課題に何日も取り組んだ。健太の書道の道具や紙は、佐藤先生が用意してくれた。

出品作品が出そろったとき、先生は、クラスのみんなに作品を見せてそれぞれの良い点を話してくれた。千夏の作品も紹介されたが、特に、ほめたのは、ひろしと健太の作品だった。

「ひろしさんの作品は、きちんとした正確な書です。たとえて言うときれいに広がったすそ野の中央に雪をいただいた富士山が見えるようです」

「健太さんの作品は、緑深い広い原野に、高くどっしりした大きな岩山がそびえているのが感じられます」

作品を見て、ひろしは、健太の作品は雑で丁寧ではないから、自分の方がはるかにすぐれていると思った。しかし、先生の話を聞いて健太の作品をしみじみと見ると、見れば見るほど力強さが伝わってきて、とても健太にはおよばないと思えてきた。健太は常にひろしにはかないっこないと思っていたので、おたがいが、おたがいの作品を見て、とてもかなわない。スゲーと思い合っていた。

一週間ほどたった朝、学校に行くと、朝の会で先生が審査の結果を発表した。もちろんひろしと千夏は順当に入選していた。

「みなさん！　健太さんもがんばったので入選しました」

先生が、うれしそうに発表すると、健太は、

「ほんとスか？　ほんとスか？」

と、何度もたしかめながらも、うれしさをかくしきれないでよろこんでいた。

改めてひろしも千夏も健太ってスゲーなと思った。


夏休みも近いある日の学校帰り、二人が黒川の川辺を歩いていると、となりのクラスのガンテツの子分の高橋がやってきた。そして、

「ガンさんが、ひろしとすもうの勝負がしたいって。連れて行かないとおれ、パンチもらうんだよ。いっしょにきてくれるよな。健太もいっしょでもいいって言ってたよ」

ひろしは、これは、ガンテツが、健太をよびよせる作戦だと感じた。自分だけなら、いつものようにことわっていればよかったが、健太をねらっているのなら、いっしょに行かなければと思った。

かわらの中を進んでいくと、朝日橋の橋の下の、くぼ地に着いた。周りから見にくい場所だった。ガンテツと五人の子分が待ちかまえていた。

「おめえが、健太か。五年で一番強いのはおれかお前か勝負しよう！　すもうだから心配すんな。だれも手出しすんなよ」

やっぱり、健太が目当てだった。

「おれと勝負したかったら、はっきり言え。このデブ！」

健太はガンテツに向かって言った。

「デブだと、このやろう」ガンテツがなぐりかかってきた。

健太はその手をかわすと、素早く相手のこしに組み付き、両手を引きつけ左足をふんばり、右足でガンテツの内またをはね上げると、ガンテツのでかい体がドシンと下に落ちた。

「勝負ついたぞ！」健太が言うと、ガンテツは顔を真っ赤にしてなぐりかかってきた。

「すもうはもう終わりか？　そんならおれも」

そう言うと健太は、ガンテツの大ぶりのパンチを交わすと、太いひざの後を強くけり上げた。

「いたたたた！」ガンテツは、へなへなとすわりこんでしまった。

「立て！　ガンテツ！　もう一発お見舞いすっか」健太がすごむと、

「いてーえ！　いてーえ！」と、泣き出してしまった。

ガンテツの子分たちは、おろおろしていた。

やっぱり、健太はスゲーとひろしは思った。


健太の運動能力は並外れていた。スポーツテストはもちろん一級。サッカーをやっても、ドッジボールをやっても、いつもクラスの中心になって動いていた。まるで、六年生とゲームしているようだった。四年生で、バスケット部のレギュラーになっている千夏は、いつも健太に言っていた。

「健太さん！　何か部活に入ったらいいのに。きっと、レギュラー取れるよ」

ひろしは、千夏は何も分かってないからそんなこと言うんだと思った。と同時に、千夏が、健太に好意を持ち始めたのが気になっていた。千夏は、ついでに、健太をからかってくる。

「健太さん。ひろしってね、逆上がりさえできないの。逆上がりぐらいできなくちゃね」

健太は、相づちを打たなかった。ひろしは、顔をまっかにしていた。ふだんからかわれるときは、千夏のあるすごい弱みを言うところだったが、今は反発できないほど打ちのめされていて声を出すこともできなかった。

帰り道、健太がひろしに言った。

「ひろし、ほんとに逆上がりできないの？」

「うん。できないんだ。練習もしないからね」

「ひろしの体つきなら、絶対できるようになるよ。できないことをできるようにするのが勉強だよな。おれが先生になってやるよ。『行って帰ってまた行く』だよ。千夏に笑われないようにしようや！」

それから、健太は、ひろしを連れて、川沿いの保育園に向かった。高さのちがう低い鉄ぼうが一並びつながっていた。一番高い鉄棒でも健太のこしぐらいの高さだった。

「この高さならやりやすいよ。おれがやるから見てろ。まず、にぎる幅は肩幅。体をななめにかまえて、片方の足で地面をけってこしを鉄棒に引きつけると、体が自然に鉄棒の上に乗る」

　そう言いながら、逆上がりを見事にやって見せた。

　ひろしも挑戦（ちょうせん）したが、できなかった。

「できるようになるには、最低、腕（うで）のけんすいの力がいるから家で腕立てふせをするといいよ。あとは、初めは、ビール箱を置いて、それをけって回転を助けると、うまくできるようになるよ」

　ひろしは、健太の教えを守ってがんばった。千夏に笑われたくない一心で、健太のいないときも練習した。

　ひろしは、ときどき逆上がりができるようになったが、学校の低い鉄棒は少し高いので、夕方、うす暗くなった学校でも練習した。

　一週間たったある日、体育の時間の前にひろしは鉄棒の前に行った。健太も千夏も、何人かの友達がひろしに注目した。ひろしはしっかりと鉄棒をにぎると素早（すばや）く体を引き上げ、鉄棒（てつぼう）の上に体を乗っけていった。見事に成功だ。すると、今度はくるりと後ろ回りまでやってのけた。

「すごいね！　ひろし。見直したよ」

千夏が真っ先にやってきた。健太もきて手を差し出した。握手するとひろしの手のひらのマメがごつごつと当たった。健太は、ここでもひろしはスゲーと思った。

夏休みになった。千夏のゆううつな行事が近づいてきた。五年生の保護者会の行事、宿泊学習が行われる。五年生の希望者全員が一泊で、炊飯やナイトハイクをするのだ。健太は、お母さんの看病や弟の面倒を見なければならないので不参加だった。

ひろしが、千夏にからかわれたとき、反撃するのに使ったのは、千夏のただ一つの弱点、極度のこわがりだった。

「今夜、千夏の所にゆうれいが行くぞ！」

と、おどすと、千夏は、顔が青ざめるのが分かるほど、動揺した。千夏は夜が苦手だった。明かりを付けたままでないとねむれなかった。

今度の宿泊学習には、ナイトハイキングが計画されていた。ナイトハイクといっても、馬頭観音前と清竜寺の周りを回ってくるきもだめしだ。千夏は、これがこわくて参加したくなかったが、母親が保護者会の役員なので、参加しないわけにはいかなかった。千夏は、三年生までは臆病な女の子ではなかった。三年生の終わりごろ、千夏の大好きなおじいさんが突然なくなった。千夏は、その後、毎日のようにコップに水をくんで、仏壇にそなえ手を合わせるようになった。ある朝、いつものように水をそなえて手を合わせていると、おばあちゃんが、

「千夏が水をそなえておがんでくれているから、おじいちゃんよろこんでいるよ。ほら、見てごらん。小さいアワがシュワシュワ出てるよ」

その日から、千夏には霊が本当にいるように思えてきた。夜がこわくなった。おふろにはいって、かみを洗うのにも長い間目をつぶっていることができなくなった。あまりにもこわがりがひどかったので、父親がお守りを買ってきた。お守りの真ん中には「やくよけ・まよけ」と書いてあった。

佐藤先生の話も千夏のこわがりに輪をかけた。お寺の次男坊の佐藤先生にこわい話をせがんだ。雨で外で遊べない昼休みに先生が話をした。

「お寺にはね、どこのお寺でも代々親から聞かされる話があるんだ。人が死んだときにはお寺に死者からの知らせが来るんだ。

夜半過ぎ、お寺の台所の方から物音が聞こえたら女の死者からの知らせで、玄関(げんかん)の方で物事がすれば、男の死者からの知らせなんだ。先生も何度も体験したよ。台所の方から包丁を使うような音を聞いた次の日の朝、○○町の○○子さんがなくなりましたというように決まって知らせが来たんだ」

昼休みの短い話だったが、千夏をいっそう臆病(おくびょう)にした。

宿泊学習の日が来た。午後から学校に集合し、まずは夕食の準備に入った。お母さんたちに手伝ってもらって、カレーライス作りをして、みんなで楽しく食べた。千夏は見たこともないほど元気をなくしていた。

いよいよナイトハイクだ。二人ずつ三分おきに出発することになっていたが、先生が一つだけグループの班(はん)を作った。ひろしを班長(はんちょう)とする五人の班だ。千夏を初めとするこわがりのグループだとだれもが分かっていて、不平不満を言う者は一人もいなかった。班に一本の懐中電灯(かいちゅうでんとう)がわたされ、順次出発していった。ひろしの斑は最後だった。ひろしが先頭出発した。まずは、馬頭観音(ばとうかんのん)の前を通る川辺の道に入った。この馬頭観音には、数年前、夏の夜ふけに白い着物を着た女の人が子どもをだいてたっているというデマがあったのをひろしは知っていた。そんな話をするとすくんで動けなくなるメンバーばかりなので、ひろしは足早にそこを通り過ぎた。お寺の周りを通っても、石塔に光を向けてみんなをこわがらせないよう気をつけながら、リードしていった。ひろしは、千夏たちを守るように行動している今夜の自分が、自分ながらたのもしく思えた。

秋になった。ひろしは、ずーっとあることが心に引っかかっていた。あの、ずっしり重い皮ぶくろだ。健太は、いつも大事そうにこしにぶらさげている。

「あのさ、その皮ぶくろの中、何はいってんの？」ひろしが、おそるおそるたずねると、

「見たいか。ひろしには見せてやる。開けてみろ」

健太は、意外にかん単に皮ぶくろを手わたした。開けてみると、中には、金属製のライターと、二十センチほどのうすむらさきの水晶のかたまりが入っていた。

「二つともおれの宝物さ。一番大事なのは、父ちゃんからもらったジッポのライター。ジッポつうのは作った会社の名前さ。かっこいいだろう。二番目に大事なのは、その水晶さ。それだけの大きさで、きれいなむらさき色の水晶は、めったにとれないんだ。白くすき通った水晶なら、いつでもとれるんだ。この水晶、水神山でとったんだ。今度の日曜日、いっしょにとりに行こう。ひろしには教えてやっから」

健太は、うれしそうに言った。

日曜日になった。ひろしと健太は、朝から待ち合わせて水神山に向かった。健太は、金づちとメガネを二組持ってきた。一組は、きっと弟の物だろうとひろしは思った。

水神山は、小学校から十五分ほどで行ける。大きな会社の敷地内にある小高い山の名前だ。頂上付近には水神神社の小さな社があり、近くに社員が運動するグランドがある。ここには、参道があり、よく町内の子どもたちで、やわらかいテニスのボールを使って、野球をしたものだった。しかし、水晶のとれる場所なんて、ひろしには全然見当もつかなかった。水神山の参道を登った。工場と参道のさかいには、丸太の柱が人が入りこめないようにせまい間隔でうめこまれていた。

参道を半分登ったころ、健太が、

「ひろし、中に入るぞ。丸太のすき間をくぐって中に入るから、やってみて」

と、笑いながら言った。

ひろしは、すぐ、やってみたが、間がせまくて、片方の足しか入らない。

「ひろしの頭は、おれより小さいから、入れる所が見つかると思ったけど、むずかしいか。でも、頭さえ入れれば、体はすりぬけられる。あの辺りでやってみて」

健太の指さす辺りで、言われたとおり頭が入るかどうか調べていると、頭が入る所が見つかった。体がはさまってぬけないのではないかと思われるほどきつかったが、どうにか、すりぬけられた。

「やったぜ！」

ひろしが、大よろこびしていると、健太が続いてすりぬけてきた。

「ほんとは、どこを通るか、柱に印がしてあるんだ。でも、ひろしは、自分で見つけたんだよ。スゲーよ」

ひろしは、こんな事を知っている五年生なんて世界中どこをさがしてもいないのではないかと思った。ほんとに、何てスゲーやつなんだと思った。

敷地に入ると、すぐに発電のために水を落とす太い二本のヒューム管の上に出た。

ひろしは、無断で工場の敷地に入って、見つかって、しかられないかと心配だった。

「日曜日は守衛の人はいないし、前に、工員の人に見つかったときも、軽く注意されただけだったよ」

健太は、ひろしが不安そうにしているのに気づいて言った。

ひろしは、それでも心配だった。さらに進んで行くと、水の取り入れ口が見えてきた。

（山をくりぬいて、発電の水を引いていたのか。そのトンネルの中で水晶をとるのか）ひろしは、心の中でつぶやいた。

トンネルに入る前に、二人は懐中電灯のライトをつけ、メガネをかけた。

「岩かべに光を当てて、チカチカとかがやく所にタガネを当て、カナヅチでたたくんだ。そうすれば水晶がわれて落ちるんだ。メガネを着けないと、目に岩や水晶が飛んでくるからあぶねえんだ。絶対外しちゃだめだ」

懐中電灯の光を岩かべに当て、少しずつ動かしていくと、チカチカと光がはね返ってくる。タガネを当て、カナヅチをふるうと、ボロボロと水晶が落ちてきた。

ひろしは、まだ音が外に流れ出すのが気になって、全力でカナヅチをふりきれなかったが、健太は、そんなことには一切おかまいなく、大きな打撃音をひびかせていた。ひろしは、えん筆ぐらいの水晶を何本かとれた。何か悪いことをひみつに成功させたような不思議な気持ちになった。そして、ここでも、健太って何でもできそうで、スゲーなと感心するのだった。

秋も深まり、持久走大会の季節がきた。体育の時間になると、毎日、持久走の練習だ。先生は、

「自分の体の調子をおさえて、ゆっくりでもいいから最後まで走れるようにしよう。十分に走れる人は、初めの記録を上回れるようにがんばろう。これも勉強だぞ」

と、練習の目標を話してくれた。

健太は、速かった。練習でも二番をはるかにはなしてゴールした。女子では、千夏

は、いつも上位にいたが、トップになれなくてくやしがっていた。ひろしはどうかというと、いつも、走るのは苦しそうだったが、何とか走りきり、中間より後ろでゴールしていた。ひろしはそれで十分満足だった。早く持久走大会が終わってくれないかとそればかり願っていた。体育の授業が終わって教室に向かうとき、千夏が健太にしつ問していた。

「私、練習でも二、三番で、どうしても勝ちたいんだけど、何かいい方法はない？」

「二回鼻から息をすって、二回口から息をはくんだ。苦しくなっても同じリズムでやるといいよ。それに、優勝するなら、みんなと同じきょりを走ってたんじゃ勝てないよ。練習は二倍ぐらい走らないと無理、無理！」

「分かった。私やる」千夏はやる気満々(まんまん)だ。

そして、ひろしにさそいをかけてきた。

「ひろし、いっしょに練習しない？　ひろしとなら五分に走れそうだからお願いしたいの。ひろしも速くなりたいでしょう」

ひろしは、千夏と五分と言われたのがカチンときていた。本当ならことわるところ

だったが、

「千夏っちになんか負けないさ。やってやろうじゃないか」

と簡単に引き受けてしまった。

その日の夕方から、練習が始まった。健太は、何か事情があるらしく、いっしょに練習には参加しなかった。ひろしは、初め、千夏には歯が立たなかった。でも、千夏には負けたくなかったので、健太が言ったように、千夏に勝ちたかったら、千夏の倍以上の練習をしなければならないと決心し、朝も一人で練習した。いつになく運動に打ちこんでいるひろしを親はおうえんしてくれた。子どもには必要もないほど高級なストップウォッチを買ってくれた。その日の朝から、ストップウォッチでタイムを計りながら練習した。ひろしの父はひろしの変化を大いによろこんでいた。ひろしの母親もひろしの変化をよろこんでいた。いつの間にか、食後の食器あらいをするようになっていた。きっと、健太さんのえいきょうだろうと母親は思ってよろこんでいた。

ひろしは、練習した。そして、少しずつタイムを上げていくのも勉強だと言い聞かせてがんばり通した。タイムは、ぐんぐん上がっていった。千夏には、完全に勝てるようになってきたが、千夏との練習のときは千夏の少し前に出て、千夏のゴール前の競り合いの力を伸ばしてやろうとする余力も生まれていた。

　持久走大会を一週間後にひかえた日から、健太が学校を休み始めた。何かあったんだろうか？　ひろしは、弟の出欠を調べたが、やっぱり休みだった。

「健太様は、今日はお休みかな」

「川で、火遊びしてんじゃねえか？」

「養魚場で、かくれて鯉釣ってんじゃねえか？」

　教室の中は、朝から健太の話題が飛び交っていた。

「健太さんいないと静かでいいかもね」

「口が悪くてやだ。『ブーちゃん』て言われて、頭にきちゃった」

「近所の人の話だけど。弟を連れて夜遊びしてるんだって！」

　女の子たちのおしゃべりもにぎやかだった。ひろしの心はおだやかでなかった。健太は、言葉は乱暴かもしれないが、健太はスゲーやつだと信じていた。そのしょうこにクラスが変わってきた。みんなが授業中活発に発言するようになった。これは、佐藤先生と健太のえいきょうだとひろしは思っている。ところが、最近、健太の悪いうわさばかりがひろしの耳に入ってきた。健太を悪者あつかいする子が多くなってきているように思われた。特に、夜遊びが健太を悪い子にしてしまった。

佐藤先生が、教室に入ってきた。佐藤先生は、昼休みや放課後、どの先生より子どもと遊んでくれた。だから、健太もひろしも先生が大好きで、先生につきっきりで遊んだ。

朝のあいさつがすみ、出欠の点呼が始まった。

「山本健太、……また、休みか。しょうがないな」先生がため息をついて言った。

ひろしは、こんな先生の言葉も健太を悪者にする原因になっているかもしれないと思えていやだった。たしかに健太には悪いところはある。

「はらへったから、畑のトマト、一ついただいたよ。もぎたてはうんめいぞ」

こんな事を、あっけらかんと言ってしまう。ライターを持ち歩いていることだって悪い。

「父ちゃんがくれたジッポのライターが、一番の宝物。むらさき水晶は、二番目の宝物さ」

　二つの宝物を得意そうに見せてくれたのを、昨日のことのように思い出された。

「授業参観の通知です。連絡帳にはさんで、必ず家の人に見せてください」

　先生がそう言ってプリントを配った。そして、

「だれか、健太の家にとどけてくれないか」と聞いたが、だれも手を挙げなかった。

　健太の家の近くのトシ子も手を挙げない。

「ぼくが、とどけます」ひろしが名のり出た。

　今日こそ、健太に会いたいと思ったからだった。

　下校時になった。先生が、今日の給食に出た食パンとメンチカツを入れた紙ぶくろをひろしにわたし、

「ひろしたのむぞ。健太に会って、ライターを持ち歩かないよう注意してくれ」

　ふくろの中には、三人分の食パンと、ジャムのふくろ、それに、メンチカツが三枚入っていた。学校では、給食を家に持ち帰ることは禁止されていた。でも、先生が学校の決まりをやぶっても、これなら許されるのではないかとひろしには思えた。

ひろしには、健太がいそうな場所が予想できた。学校帰りに、健太が、

「ガンガラつきしたことあっか？　寒くなってくるとガンガラの動きがにぶくなるんだ。浅瀬に追いこんで、竹のやすでつくと、そこににごりができるんだ。ガンガラは、そのにごりにもぐりこんでかくれるんだ。少し待つと、にごりがとれてくる。にごりがうすれて魚の姿がうっすらと見えてきた瞬間が勝負だ。魚がにげ出す前に竹やすでつくんだ。おもしれえぞ」

と、言ったことを思い出したからだった。

オイカワと言うのが魚の名前だが、この辺ではガンガラと言っていた。

黒川べりに行くと、思っていたとおり、健太と弟の武がガンガラを追っていた。

「健太元気か？　授業参観の通知もってきたよ。先生が給食の残り持ってけって」

「サンキュウ！　ごっつあんです」

そう言って健太はふくろを受け取った。

そして、授業参観の通知を丸めると、たき火をするために集めたと思われる枯草の上に投げすてた。

「家じゃ、授業参観に来たことないもの」そう言って、ふくろの中から、一人分のパンとメンチカツを取ると、

「母ちゃんにも残してやんだぞ」

と、弟の武に無造作にわたした。

ひろしがバケツをのぞくと、ガンガラが十ぴきほど銀色のはらを上に向けてういていた。

「竹やすでついているのに魚にキズついていないね？」

「そこが竹やすのいいところさ。魚は、竹やすの細いわれ目にはさまってキズつけないでとれるんだ」

「なるほど！　スゲーや！」

「ひろし、おれと組んでガンガラとりやんべ。武よりはましだんべ～」

「よし、やんべ」

ひろしは、運動ぐつをぬぎ、くつ下をぬぐと、ズボンをひざより上に固くまくし上げた。武は、ちょっと不満そうな顔をしたが、もらったメンチカツをうまそうに食べ

た。水は、思ったより冷たかった。二人は、浅瀬から二手に分かれて入り、ひざがふれるぐらいの深みにいった。いるいる。本当は二十センチ近くあるガンガラだが、水の中では半分ぐらいに小さく見える。それが、三十ぴきほど群れになって泳いでいる。二人が追いながら浅瀬に間合いをせばめていくと、群れは小さく右往左往しながらにげようとするが、二人の間に固まってくる。

「つけ！」

健太の合図で、中央に竹やすをつき出す。ついた地点ににごりが雲のように生まれる。一度のつきで、健太はもう一ぴきとっていた。

「にごりが消えるとき魚が見えたらすぐつくんだ」健太の声が飛んだ。

ひろしは、言われるとおり、にごりがうすれるのを待った。短い時間だった。健太のやすとひろしのやすが交互に水をついた。

「やった！」

ひろしのやすにもかたのいいガンガラがはさまっていた。この漁は一回勝負だ。群れは、二人のつきにおどろいて四方八方ににげてしまうのだ。

追いこんではつき、また、追いこんではついて十回ぐらい続けた。足は感覚がなくなるほどしびれていた。ガンガラつきのおもしろさがひろしをがんばらせた。ひろし自身、こんなに冷たい水の中で、こんなに夢中になってがんばっている自分をスゲーと思った。健太もひろしにこんながんばりがあるとは思っていなかった。ひろしのスゲーが新しく加わった。全部で三十ぴき以上のガンガラがとれた。

「大漁、大漁！　ひろし、半分持ってけよ」

「ガンガラ、苦くて食えないから、健太がみんな持ってけ！」

健太には、ひろしが自分にゆずってくれたことは分かっていた。

「今日の夕ご飯のおかずができたよ」と、健太は明るく笑った。

「母ちゃんぜんそくがひどくって、ねてるんだ。苦しいときはご飯も作れないんだ。おれが、武の分も作るんだ。せんたくもしなくちゃならない。何よりも母ちゃんが心配で、おれも武も学校を休んじゃうんだ」

「そうか、健太は大変なんだ」ひろしは、改めて健太の大変さを思うのだった。

「ひろし、寒くないか？　たき火をするから待ってろ」

健太があの皮ぶくろからライターを取り出した。ひろしは夢中で言った。

「たき火はダメだよ。健太の火遊びがうわさになってて、先生も心配してんだ。健太がライターを持ち歩かないように注意してくれって先生からたのまれたんだ」

「だれだ、チクったのは。ぶっとばしてやっから」

「いいよ、だれでも。それより、黒川のかわらや野原で火事があったら、お前のせいにされるかんな」

健太は、少し考えてから、ライターをふくろにもどして、

「さ、カゼ引かないように、タオルでよく水をふきとったほうがいい」

と、ひろしに先にタオルをかしてくれた。帰る途中、健太がひろしに、

「この後は【ひしゃぎ】を教えてやっから。ひしゃぎっていうのは手づかみのことさ。夜、ナマズを浅瀬に追いこみ、両手でつかまえるんだ。満月の月明かりのあるときしかできないんだ。昼間、深い川のテトラポットのおくにひそんでいるナマズが、秋の満月の夜、カエルや小魚を食べに、浅瀬によってくるのを、背中が出るくらい浅い所まで追いこんで手づかみするんだ。スリルがあるぞ！　いつか、ひしゃぎをやろ

う！」と、言った。ひろしは、強く大きく大声で、
「やる！　やる！　ワクワクしてくるよ」と言った。
　健太は、別れぎわに、
「持久走大会、おれの分までがんばってな。少しでも順位を上げて、千夏に冷やかさ
れないようにな」と言った。
　持久走大会の日が来た。
　この日は、ブロック別に競技(きょうぎ)が行われる。初めに低学年。低学年は男女いっしょ。
女の子が優勝することもあった。きょりは五百メートル。あっという間に終わってし
まう。中学年は、千メートル。男女別だ。中学年が終わり、高学年の女子が始まった。
五年の女子がスタートした。今年は絶対(ぜったい)に優勝したいと自信満々(まんまん)の千夏は、スタート
からトップ集団に入って校門を出ていった。しばらくして先頭が、学校の近くに来て
いるという校内放送があった。ひろしが校門に注目していると、トップがはいってき
た。千夏だった。でもすぐ、去年の優勝者美智子(みちこ)が追ってきた。美智子もひろしのク
ラスだったから、千夏だけおうえんするわけにはいかなかった。

「がんばれ！」と言って千夏にせいえんを送った。

千夏は、短きょりは速かったので、美智子をふり切って優勝した。

いよいよ五年男子、ひろしの番がきた。いつもなら、ドキドキすることもなく、ただ、みんなの走る流れに乗って、何とか真ん中以上で、走りきれれば上等。そんな気持ちでスタートしてたのだが、今回は、きんちょうしていた。今年は全然ちがっていた。まず、健太の教えを守って、健太の分までがんばろうと思っていた。今、見たばかりの千夏にも負けたくないと強く思った。

スタートのピストルが鳴った。せまい校門でこみ合わないように、校庭を一周してから、校門を出て行く。ここで、トップグループが、ダッシュした。予定外だったが、ひろしも無理してスピードを上げた。二回すって二回はく健太直伝の呼吸法がみだれた。それでも、五位につけていた。必死になって、先頭を追いながら呼吸を整えていった。ゴールまで五百メートルの地点で先頭にならんだ。呼吸は、いつものペースにもどっていた。いつも優勝している賢治が横にならんでいたが、かなり苦しい様子なのがひろしにははっきり分かった。あと、二百メートルの所で賢治がおくれだした。

するど、みるみる差が大きくなっていった。健太が言ったとおり、やはり、倍のきょりを毎日練習してきて本当によかったと思った。健太ってやはりスゲーやつだと感じた。ひろしが一着でテープを切ると、千夏が飛んできて、

「ひろし！　すごい！」と、さけんだ。

持久走大会の日の夕方、ひろしは、早く優勝をほうこくしたくて健太の家に行った。玄関で、健太をよんだが返事はなかった。電話も入っていないと聞いていたので、学校に来たときに話そうと思っていた。しかし、次の日も、その次の日も休みだった。ひろしは、健太の母ちゃんが体調が悪いんだと思ったが、みんなの悪口は、ふえていった。

健太の家の近くのとし子が、得意げに言った。

「家の母ちゃん、健太と弟が夜遊びしてんの見たんだって。夜の七時ごろ、高速道路の陸橋の辺りで遊んでいるのを見かけたんだって。何してんだろうね？」

「わりーことしてんじゃあんめいな？」

健太のうわさが、教室いっぱいあふれていた。

持久走の日から三日目の夜八時を少し回ったころ、健太をよく見かけるという高速道路の陸橋からわずかの場所でボヤさわぎが起こった。町内の人たちは、仕事から帰っていて、早く気付いて消火したので、ボヤですんだのだった。もえた所は空き家だったので、警察や消防も放火のうたがいが強いと見ていた。

次の日、ひろしのクラスは、これまで以上に健太のうわさが飛び交った。

「健太じゃあんめいな？」

「健太と弟が、昨日の夜八時ごろ、高速道路の陸橋の上にいるのを見た人がいっぱいいるんだって」

「健太が前に、かわらでたき火してんのを見た人もいるんだって」

「健太、おまわりさんにつかまるんじゃないか」

ひろしは、それ以上健太の悪口は言わせたくなかった。

「絶対、健太じゃない。勝手に犯人にすんな！」

千夏もひろしの言葉にうなずいた。

「じゃ！　夜何してんだよ？」

ひろしは、黙ってしまった。そのとき、突然(とつぜん)健太が、教室に入ってきた。健太は、教室に入る前、みんなの話を聞いてしまったかもしれない。健太の顔は、こわばっていた。

「健太、今日は、母ちゃん調子いいんか？」

持久走大会で優勝したことを伝えたい気持ちを抑えて聞いた。

「同じようなんだけど、今日は、火事のことでよばれたんだ。おまわりさんが、先生といっしょに話を聞きたいんだって。うたがわれているんだよな、おれ」

「やってないよな！」

「神様にちかってやってないよ。おれ絶対うそつかないのを知ってるだろう。安心してくれよ。ところで、持久走大会どうだった？」

待ってましたとひろしが口を開く前に、千夏が、

「優勝！　優勝！　ひろしすごかった！　後ろを大きくはなして、楽々(らくらく)の優勝だったよ」

「スゲー、スゲー。でも、おれが走ってたら準優勝だったけどな」

健太は、笑いながら言ったが、そのとおりだと、ひろしは思った。ひろしは、健太とのワンツーフィニッシュを頭にえがいて練習を重ねてきたのだった。

「ひろし！　やっぱお前スゲーよ！」

ひろしは、健太にほめられて、また、優勝のよろこびがよみがえった。

十時ごろ、交番のおまわりさんが学校に来た。三時間目、教室に健太のすがたはなかった。授業も、佐藤先生の補教の吉田先生が来られた。おまわりさんが直接質問すると健太がきんちょうするので、質問したいことを佐藤先生がすることになっていた。ひろしは、授業どころではなかった。健太へのうたがいが晴れることを願っていた。

「健太さん、夜八時ごろ、高速道路の陸橋で健太さんと弟を見かけた人が大ぜいいるんだけど、そこに行っていたかい？」

「はい、月曜日と、木曜日に行ってます」

「火事さわぎがあったのも、木曜日だったよ。火事があったのは知ってるね？」

「はい、陸橋の上で消防車が来るのや、火事の方向でけむりが上がるのを見てました」

「橋の上で何してたの？」

健太は少しの間考えてから、

「車を見てました。弟もおれも車が好きなんです。通る車の車種を言い当てる勝負をしてました」

「かわらでたき火をしてるのを見ている人もたくさんいるんだが事実かな？」

「はい、何回かやってます。魚とりで体が冷えるんで温まっています」

「ライターを持ち歩いているのか？」

「はい。でも、ひろしが給食をとどけてくれて、先生からライターを持ち歩くなと注意を受けた日からは、持ち歩いてはいません」

「火事の日より前だな。だとすると犯人は健太でなくなる」

先生はにっこりして、おまわりさんを見た。するとおまわりさんが、つぶやいた。

「ライターなんてどこでも手に入る……」

健太は、今は持ち歩いていなかったが、言い訳はしなかった。火事の日、ライターを持っていなかったが、おまわりさんの言うとおり、ライターなんてどこでも手に入る。証明するのが弟だけでは、どうしようもないと思った。

「絶対にやってないんだね？」最後におまわりさんが静かに聞いた。

「はい、先生にも、おまわりさんにもちかってやっていません！」

　健太は、力をこめてうったえた。

　健太のうたがいは晴れないままだった。先生がもどってきて、健太は教室にもどらないで帰るから、荷物を相談室にとどけるようひろしに言った。健太の荷物を相談室にとどけに行くと、相談室には健太が一人で残っていた。

「健太！　大変だったね。すぐ、犯人が見つかるから心配すんな」

「うん、まだうたがわれているんだ。おれ、先生からライター持ち歩くなって言われた日、ガンガラとりした日さ。家に帰ってからよく考えたんだ。それで、あの宝物の皮ぶくろをひろしに預けようと決心して、ひろしの家に行ったんだ。だけど、だれもいなかったんで、思い切って藤屋のおばちゃんにあずかってもらっているんだ」

「だったら、それをおまわりさんに言えば、健太がライター持っていないことがはっきりして犯人ではないことがはっきりするんじゃないか」

「たとえ、それがたしかだったとしても、別のライターを持っていないとは言い切れない。それに、証人が弟だけじゃどうしようもないんだ」と言って帰っていった。

帰る途中、健太は自問自答していた。

〝なんで、ひろしにまでうそをついたんだ？〟

〝それは、おまわりさんにうそをついたことがバレるからだよ。ひろしは、おれが、絶対うそをつかないと信じているからな〟

〝うそをついたことが知られるのがこわかったんか？〟

〝そうだよ。それでうその上ぬりをしてしまったんだ。ひろしには、本当のことを言えばよかった。ひろし、ごめん。すぐ、本当のこと話すからね〟

ひろしは、自分の質問にすぐ答えられないで、自信なさそうに答えた健太に、何か、いつもとのちがいを感じていた。火曜日と木曜日にだけ夜遊びしていたという話にも、素直にうなずけなかった。それでも健太の心の中では、健太は絶対にうそをつかないと信じる力が、自宅に近づくにつれて大きくなっていった。

一週間があっという間に過ぎた。やっと、放火の犯人が逮捕(たいほ)された。犯人は、パチンコに大負けしたはらいせに火の付いたたばこを、空き家の物置に投げ入れたそうだ。それでクラスの健太への冷たい視線は、ぴたりと止まった。しかし、健太は続けて学校を休んでいた。ひろしは、いてもたってもいられず、学校帰りに健太の家に急いだ。健太は、家にいた。

「健太、犯人つかまってよかったね。絶対健太じゃないって信じてたよ」

「うん、ありがとう。いろいろ、大変だったよ。火事家のとなりの家のおじいさんが、家に怒鳴(どな)りこんできて、『お前ん家のぼうずが、火付けしたのを見た人がいるんだぞ。早く白状させろ！』て、母ちゃんに言いに来たり、家のそばで『火わすら小僧！』と、怒鳴って通る人もいたんだ」

「本当に大変だったね。でも、もう、何も心配いらないよ。どう、また、水晶(すいしょう)とりにでも、行こうよ」

健太は、それにすぐ答えなかった。しばらく思いつめたような顔をして、

「ひろし、おれ、また、転校なんだ」

「えー、どうして？」

「母ちゃん、ここにいるのがいやになったんだ。おれたちがうたがわれて、みんなから嫌みを言われていたたまれなくなったんだ。それに、ぜんそくも悪くなって移りたいんだって。ぜんそくには、場所を変えて生活するとよくなると言われているんだ。おれは転校したくないんだけど、母ちゃんのためだもん、しょうがないんだ」

「それで、いつ行くんだ？」

「あさって、土曜日の朝、十時に出発するんだ」

「どこに移るの？」

「栃木の元の自分の家さ」

「でも、早すぎるよ。ひしゃぎやりたかったなあ！」

「ひろし、頼みがあるんだ。明日、出発までに藤屋に行って、皮ぶくろもらってきてくれないか。ガンガラとりの日からあずかってもらってたんだ」

健太がおまわりさんに言ってたことは本当だったんだと思った。

ひろしは帰り道、学校前の藤屋によって、健太の宝物を受け取った。

「ばあちゃん、健太転校するんだって」

ひろしが伝えると、ばあちゃんはミーちゃんをだいて、ミーちゃんに、

「ミーちゃん！　健太兄ちゃん行っちゃうんだって。いいお兄ちゃんだったね」

と、なみだぐんで言った。

別れの朝は、少し、はだ寒さを感じる朝だった。午前十時の出発に間に合うように、よゆうを持って健太の家に行った。四トントラックには、もう、家財道具がきっちりと積みこまれていた。佐藤先生や千夏たち女の子も来ていた。武の友達も何人か来ていた。ひろしはまず、皮ぶくろを健太にわたした。健太は、うれしそうに受け取った。千夏は二人を見て泣いていた。

出発の時間になった。トラックの運転手と健太が乗った。お母さんの小型車には、もう一人の運転手とお母さんと武が乗った。出発の直前になって、

「ひろし、わたす物があるから来て！」健太が、ひろしをよんだ。

健太は、トラックの助手席から身を乗り出して紙包みを手わたした。

「いろいろ、ありがとな。短い間だったけど楽しかったよ。手紙って書いたことなかったけど、新聞紙の使い道でいっぱい使い道を書いて先生にほめられてから、書くことが好きになったから、手紙書いたよ。後で読んでみて」

乗用車に乗っている武は、目にいっぱいなみだをためていた。車は動き出した。ひろしの目にもなみだがにじんできた。くもった視界（しかい）の中を車はどんどん遠ざかり、角を曲がって見えなくなった。


帰り道、三人でガンガラつきをしたかわらによった。ひろしは包みの中身を早く知りたかった。この重みの中身は予想できた。包みを開けると、健太の二番目の宝物（たからもの）が出てきた。多分水晶（すいしょう）だろうと思っていたが、まさか、健太があんなに大事にしていたむらさき水晶が入っているとは思わなかった。そして、もう一つ、入っていた手紙を開いた。

「ひろしさん、いろいろありがとうございました。別れてからで申し訳ありませんが、ひろしさんにうそをつきました。また、言えなかったこともありました。高速道路の陸橋の上で、弟と通る車の車種当てをしていたというのはうそです。前に話したように、お父さんと、ぼくたちは会うのを、警察から禁止されていました。でも、ぼくと弟は内緒で会っていたんです。月曜日と木曜日、父が勤めの帰り、八時近くに通るんです。父とぼくたちはおたがいに手をふったり、ときには、父が、道路のはしに車を止めて、母の様子を大声で聞き合ったりしたんです。このことは、おまわりさんにも正直に話せませんでした。ごめんなさい。あと、ひろしに言えなかったことがあります。父は、お酒がやめられるまで、施設で生活していました。お酒がやめられたら、また、いっしょに暮らせるのです。今度、父の家にもどるということは、父がもどってくるからです。心配かけたけど、これからは部活もやれそうです」

健太が、「ぼく」と言ったり、ていねいな言葉を使ったりして、こんなに長い文章を書けるなんて、ひろしは、不思議な気がした。そして、中身はひろしを安心させるものだった。手紙には、最後に、

「ぼくの一番大事な宝物は、ジッポのライター。二番目は大きなむらさき水晶。で

も、今は、もっと大事な一番目の宝物が手にはいったから、むらさき水晶はひろしにあげます。大事にしてね。さようなら」

手紙を読み終えて、ひろしも、手紙をしっかりにぎりしめて、自分にもこの手紙もふくめて、三つの大事な宝物ができたことをしっかりと感じ取ったのでした。それだけでなく健太のいろんな不思議な力が自分の体の中にたくわえられたように感じたのだった。

（完）

ほえない犬

一　都会の決まり

東京港区の高級住宅の立ちならぶ一画に、取り残されたように、不似合いな木造二階建てのアパートが建っていた。このアパートは区営住宅だったが、新しいアパートが建てられたため空きアパートになっていた。今は、それが、東日本大震災で災害にあい、家をはなれることになった福島の家族に無料で貸し出されていた。茂の家族もそういう家族だった。小学二年生の茂は、おじいちゃんと両親で、福島県の山村で平和にくらしていた。五頭の牛と一ぴきの犬と共に住んでいた。おじいさんの名は「安吉」、犬の名は「テツ」といった。テツは、秋田犬の三才犬、毛色は、大部分うすい茶色で、わずかに他の色や黒が交じっていた。耳はぴんと立ち、しっぽは、まき毛だった。テツが子犬のころ、おじいさんは、寄生虫がつかないよう、クル病などにかからないよう予防で良く動物病院に行ったりした。お母さんは、家族が偏食しないよう野菜を食べさせるよう食事に気をつけていた。お父さんは、五頭の牛の世話と畑仕事に精を出していた。

　このように一家がおだやかに暮らしていたある日、東北地方は、突然、大地震にみまわれ、大津波におそわれた。茂の家は海からはなれた山ぎわにあったため助かったが、となり町のこわれた原子力発電所からもれた、強い放射能をさけるため、自宅からの立ちのきは、待ったなしだった。すぐ、県境の親戚の家ににげ出した。放牧していた五頭の牛は、放置するしか方法はなかった。それから、茂の一家は、親戚のしょうかいで、空き家になっていた農家をかりて住むことになった。

　移住して一ヶ月もたたないうちに、元の町役場から住居がしょうかいされた。地元は、相当の期間立ち入り禁止地区になるという。案内されたのが、今のアパートだった。しかし、そこに住む条件がひどいものだった。区の決まりでは、アパートでは犬はかえないことになっていたが、この地区の自治会では条件付きでかうことがゆるされていた。その条件というのが、まさに動物虐待に当たるようなものだった。自治会長の奥さんの思いやりで、犬といっしょに住めるように作られた決まりだと言われているが、何てひどい決まりだと茂は思った。

「犬をかう場合は、必ず、声帯除去手術を受けさせ、その実施証明書をかい主が保持すること。違反した場合は二十万円の罰金を科す」

父から、この話を聞かされたとき、祖父の安吉じいさん（これからは安じいさんとよぶ）は、顔色を変えて、

「何だと！　騒音防止のために犬の声帯を切り取るなんて、こんなひどい話聞いたこともない！」と言うと、目になみだをあふれさせていた。

茂は、テツの首をしっかりだきかかえながら泣いてさけんだ。

「やだよ！　テツが声も出せない所になんか絶対いかないよ！　テツだって、そんな町になんか行きたくないよ！」

結局、父と母の二人だけが、東京に行き、安じいさんと茂とテツは、今の空き家の

農家に続けて住むことになった。

二　ほえない犬

茂が、両親とはなれてくらし始めてから、二年がたった。茂の福島の家は、まだまだ放射能の濃度がすごく、立ち入りが一切禁止されたままだった。茂の両親は、週末には帰ってきて、家族で楽しい時間をすごした。父と母は、大きなスーパーで、いっしょに働くことができていた。車も買って通勤しているが、朝の車の混雑は、地方では絶対見られないほどのこみ合いで、あぶないと言っていた。

ある日、東京に帰る前に、父がおじいさんと茂を前に、思いつめたように言った。

「じいちゃん、テツをほえない犬にしつけてくれ！　みんなでいっしょにくらすにはそれしかないんだ。茂もたのんだぞ！」

茂も安じいさんも、それが一番いい解決策だとは思わなかった。しかし、その日から二人は訓練を開始した。

「テツ！　どんなことがあっても、決してほえたらだめだよ！　ほえない犬になるんだよ。声を出したら、いっしょに住めなくなるんだよ。ほえたときは、ぼくとさよならだからね」

茂は、何度も何度も、テツの目をじっと見つめて言いきかせた。安じいさんは、テツが小さな声をもらしても、いっそうやさしくテツをなでながら言い聞かせるのだった。

このようにして半年ほどたつと、テツの声は一切聞かれなくなった。そうして、みんなで東京のアパートでくらす、新しい生活が始まった。実家を出てから三年目の秋だった。

三　ほえよテツ

茂は、五年生になっていた。新しい学校で、少しきんちょうする毎日が続いたが、家族いっしょの生活はやっぱり落ち着けた。地震（じしん）と津波がなかったら、地元のたくさんの友達とも遊べるから一番いいけど、家族いっしょにくらせるのはなによりだと茂は思った。休みになると家族で遊園地や動物園に行って楽しんだ。しかし、テツといっしょに行けないことだけは茂には、不満だった。テツとは、朝早く、人通りの少ないうら通りを、なるべく人をさけるように散歩するだけだった。

町にひっこしてきて一ヶ月たったある日、つとめから帰った父が笑顔で茂に言った。

「いいとこ見つけたぞ！　さ、テツを連れて行こう！」

茂はいそいで首輪にリードを付け父親にわたした。父はテツを連れて素早い足取りでアパートの階段を下りていった。茂がすぐ後を追っていくと、父はひとり言のように、

「テツだって、ほえたいときはあるさ」と言って、にっこりと笑った。

茂の父は、高級住宅地の中を通りぬけ、川べりへと向かっていった。そして、川に流れ落ちる排水口に出た。排水口は、大きな鉄柵でとじられていた。父が手をかけると、柵は、思いの外軽やかに開いた。トンネルの中には、両側に、幅一メートルぐらいのコンクリートの歩道が続いていた。二人は、テツを連れて、どんどん奥へと進ん

でいった。トンネルは、どこまでも続き、小さなけい光灯の光が点々とおくまで続いていた。茂は、歩きながら、「テツだってほえたいときはあるさ」と言った父の言葉が、もうすぐ実現することを予感していた。

「もういいだろう。テツのリードをはずしてやろう」

父の言葉が、どこか遠い国の言葉のようにトンネルの中にこだました。

「さあ！　茂、ほえさせるんだ！　今までの分まで全部取り返すほどほえさせなさい！」

茂は、じっとテツの目を見た。この一週間のうちでも、二、三度あくびをするようなかすかな声をもらしただけで、声を出さないでじっと命令を守ってきたテツに、ただ一言「ほえろ！」と命令しただけで、それにしたがわせる気持ちにはなれなかった。

「テツ！　ここならほえてもいいんだよ。今度ほえたら、ぼくとさよならだよと言ったけど、ここは、いいんだよ。ここでほえても、ぼくとさよならしなくてもいいんだから、安心してほえていいんだよ」

茂は、ひざまずいてテツにやさしく言い聞かせながら、しばらくテツの頭をなでて

いた。それから、すっと立ち上がると、

「さ！　テツ！　ほえろ！　ほえるんだ！」と、命令した。

テツが立ち上がった。すっくと立って、天をあおぐようにほえた。

「ウオーン、ウオン、ウオーン、ウオン！」

大きく、勇ましい遠ぼえがトンネルの中にこだまし、最後には、テツの声とはおよそにつかわない音となって消えていった。茂と父は、だまって音が消えるまで、耳をすまして聞いていた。こんな所でしか、自由にほえることができないテツへの、かぎりないあわれみが二人の心に広がっていった。父が言った。

「茂よ、月に一度か二度なら、ここでほえさせてもいいだろう。それに、ここに来るのは朝早くか夕方がいい。昼間は、動物愛護(あいご)センターの職員(しょくいん)が野良犬や野良ネコの保護(ほご)で見回っている。特に、ここでは、散歩している犬でも声帯手術(しゅじゅつ)をしてるかどうか調べている。気をつけるんだよ。それに、テツも大切だが、友達も大切だぞ。友達と遊ぶことも、お前ぐらいの年には必要なんだ。それに、うれしいニュースがある。もうすぐ実家にもどれるぞ。立ち入り禁止(きんし)が来年の夏にはかいじょされるんだ。良かったな」

本当にうれしいニュースだった。来年からは住みなれた実家で、テツに不自由をかけずに生活できるのだ。この日から、茂は、月二回、テツをほえさせた。二回のうち一回は父といっしょだった。

「早く元の家に帰りたいね！」と茂が言うと、父は、

「また、牛をかって、畑やるぞ！　ところで友達できたか！」と、また聞くのだった。

しかし、それも、十二月までだった。

その年の冬は、例年になく雪が降り、その雪がおだやかな茂の生活をぶちこわした。夕方からまたふり出した雪に、茂とテツが、はしゃぎ回っているころ、つとめ帰りの父母の車が、事故の巻きぞえになり、帰らぬ人となってしまったのだった。

お葬式(そうしき)をすませると、安じいさんは、目をしょぼしょぼさせながら言った。

「茂！　すぐにいなかに帰ろう！　来年の四月までは実家に帰れないが、借りた農家にはすぐ移れる。二人の遺骨(いこつ)も、地元のお墓(はか)にはおさめられないけど、実家に近い所

に持っていける。父ちゃんも、母ちゃんも近くに帰りたいと思っている。テツだって、自由にできる所に帰りたいと思ってるよ」

茂は、何を言われても、あふれ出るなみだをどうすることもできないでうつむいていた。父母の遺骨のことを聞かされても、茂は、安じいさんの問いかけに、「ウン」とは言えなかった。そして、それには、言えないわけがあった。

四　母との思い出

茂は、両親の死んだ後、よく両親との夢を見た。お父さんとの夢には、必ず「テツ」が出てきた。お母さんとの夢には、「ルーシー」が出てきた。大震災にあう三年前、茂と母親は、近くのハイランドパークに行く途中、桂の辻ドライブインの近くの山のくぼでみ、小さい犬を見つけた。目の周りは黒く、目の上にうす茶色の丸いもようを付け、鼻は黒く、目の周りから口の周りにかけてもうすい茶色だった。チワワだとすぐに分かった。そのチワワが、二人が帰るときもそこにいた。おなかをすかしていたようだったので、ドライブインでハンバーガーを買って与えた。やつれていてなんだかかわいそうになって、ドライブインの人に聞くと、捨て犬だと言った。何日も、あたりをうろついていると教えてくれた。父親と安じいさんの許可を取って家でかうことになった。チワワは、メスで、ルーシーと名付けられた。でも、すぐ、ルーシーが年寄りで病気持ちなのが分かった。動物病院に連れて行って、獣医さんにみてもらった。女性の獣医さんは、

「かい始めたら、命がもえつきるまでめんどうみなくちゃねえ。最近、うば捨て山みたいに、年取った動物を捨てちゃうんだもんね。困ったもんね」

と言ってから、診察結果を話してくれた。

「病名は子宮のうしゅです。手術は命のきけんのあるようなものではないですが、ルーちゃんは、人間でいうと、九十才ぐらいです。心臓も弱っているようですから、そう長くは生きられないかもしれません」

手術は無事すみ、ルーシーはもどってきた。みんなでいたわるようにめんどうをみた。テツと散歩に出ても、すぐ歩みを止めた。母が、すぐだっこして歩いた。食欲

もなくなってきた。母が、茂に言った。

「茂！　ルーシーに、元気に散歩した円山公園をもう一回見せてやろう！」

茂には、これが最後の散歩になるとは、思ってもいなかった。

「ルーシー、前に散歩してたとこだよ。よく見てね！」

そう言いながら、母はなみだぐんでいた。茂が見た夢は、こんな夢だった。いや、こんな母との大事な思い出だった。

ルーシーが亡くなったのは、それから数日たってのことだった。

五　恵一は友達

アパートの窓ごしに見える高級住宅地のＬＥＤ蛍光灯の光にもあたたかみが感じられ、春がやってきた。安じいさんは工場帰りの作業服のままコップ酒を飲んでいた。安じいさんは、あの日から、毎晩のようにお酒を飲むようになっていた。そして、お酒が回り始めると、テツに語りかけるようになっていた。

「テツよ、ほえたいだろう！　野山を自由に走り回りたいだろう！　ほんとは、今ごろはいなかに帰っていたはずなのに、茂がな、友達と別れたくないんだって」

茂は、それを聞くと申し訳ない気持ちでいっぱいになった。心の中で、（ごめんなさいおじいさん）と、わびるのだった。（もう少し恵一といっしょにいさせてね）と、テツに語りかける安じいさんに心でお願いするのだった。


夏になった。ある日の日曜日、茂は、おそい朝食をさっとすませ、仏壇の両親の遺骨に丁寧に手を合わせると、安じいさんに、

「じいちゃん！　ぼく、恵一の家に行ってくる。恵一んち、今日は恵一しかいないんだって。遊びに行く約束したんだ」と言うと、今度はテツの所へ行って、

「テツ！　じいちゃんがいるからおとなしくしてんだぞ。ほえちゃダメだぞ！　ほえたら、ぼくとさよならだからね」と、さとすように言い、外に飛び出していった。

恵一の家は、アパートの向かい側の高級住宅地の中にあった。広々としたしばふのある大きな三階建ての家だった。恵一のお父さんは、この地区の自治会長をしていた。

特に、町の騒音対策には熱心に取り組んでいると言われていた。恵一のお母さんも、地区の婦人会の会長をしていて、犬のほえ声による騒音の防止のため、声帯除去を考えついた発案者ということだった。茂には、恵一の父母が、テツのてきのように思えて、恵一の家に行くのは、乗り気にはなれないでいた。今日は、だれもいない。それでやってきたのだった。茂は、安心して門をくぐり、玄関のチャイムを押した。待っていたとばかりに、

「はいって！」と、恵一の声がした。

茂が玄関のとびらを開けると、恵一が、車いすで出むかえた。茂が恵一と知り合ったのは、今年の春先だった。校庭の周りを車いすで回っていた恵一を見た一年生の男の子二人が、

「車いす、いいなあ！　ぼくたちにも乗せて！」と、かけよってきた。

恵一は、顔を曇らせると、全力でタイヤを回して、校庭のすみへとにげ去った。そこで、しくしくと、泣いていた。茂は、恵一に近づき、

「相手は一年生だよ、何も分からないんだ。大きさが合わないと、けがするから乗せ

られないよっていってやればいいんだよ」となぐさめた。

泣くのを止めた恵一に、茂は、自分が、原発の被災地から、こちらに来ていること。父母を去年のくれ、交通事故で亡くしたことなどを話した。その日から、二人は、仲の良い友達になった。

茂は、恵一にうながされて家に上がった。

「茂！　今日は、ぼくの部屋の中のものを全部見せちゃうよ」

茂は、恵一の言葉にうなずきながらも、階段のそばに置いてある不気味な木ぼりの黒人像に目をうばわれていた。ふつうの大人の二人分もあるようなアフリカ原住民のような黒人が、こわい表情で、茂をにらんでいるようで、いやな予感がした。

「地震でたおれないかなあ？」

「だいじょうぶさ。ぼくはいつも、これによりかかりながら階段の手すりにつかまるんだ。さ！　二階に行こう」

恵一は、車いすを降り、像につかまりながら左足一本で立つと、手すりにつかまりながら階段を上り始めた。茂はすぐに恵一に肩をかし、二人はゆっくりと階段を上がっていった。恵一の部屋は、階段を上がってすぐの部屋だった。

「だれにも開けさせないんだ」

と恵一は得意そうに言うと、ポケットからカギを取り出して戸を開け、茂を中に案内した。部屋の中には、いくつものガラスケースがならんでいた。熱帯魚が泳いでいる水槽もあった。カタツムリやカブト虫、そして、茂がとってやったマイマイカブリもかわれていた。茂がゆずってあげた表紙のない昆虫図鑑も置いてあった。

「この本も置いておくの？」

「きたないからすてろって母さんに言われたけど、これはすてられないよ」

「恵一の母さん、きびしいんだね」

「きたないものをいじってバイキンが入ったから、ぼくの右足が悪くなったって信じてるんだ」

「ふーん、でも、ありがとう。部屋を見せてくれて」

茂が、話題をそらすように言うと、恵一は、急に目をかがやかせて、

「茂も何か見せてよ」と言った。

茂はいっしゅんドキリとした。茂のアパートには、見せられるようなものはなかった。玄関の土間と、台所と浴室とトイレ、そして、ねる所をかねた居間しかなかった。しかし、茂にはとっておきの宝物テツがいた。

「テツという名の犬をかってるんだ。でも、テツにはひみつがあるんだ。恵一は信用できるから、ひみつを教えるよ。でも、ひみつがバレると、テツは、ぼくといっしょにいられなくなるんだ。さあ！　ひみつの基地に、テツを連れて行こう」と、言ってしまった。

言ってから少し後悔したが、恵一は、絶対にバラすようなことはないと思った。恵一も、茂のただならない様子にきんちょうしていた。

六　ひみつの基地

恵一の母親が帰ってくるまで、予定では、あと二時間あった。二人は戸じまりをすませて、さっそく茂の基地に向かうことにした。茂は、恵一を自宅の庭で待たせて、テツを連れてもどると、恵一は、車いすをゆらしながら待っていた。

「ひみつって何なんだ？　テツが何かすごいことすんのか？」と恵一が聞いても、

「行けば分かるよ」

と茂は言って、車いすをおし、下水道の入り口の方に向かって進んでいった。

そのとき、二人の様子を見はっているような人かげがあったのに、茂も恵一も、まったく気づかなかった。鉄柵の前に着いた茂は、柵をおして中に入った。セメントの道は、車いすが通るにも十分な幅があった。途中茂は、持ってきた虫よけスプレーを恵一の体に丁寧にかけてやった。自分でも、車いすをおしながら、首すじや手足にスプレーをかけた。トンネルの中には、LEDの蛍光灯が、十メートルぐらいの間かくでともされていた。あたりには、下水のにおいもたちこめ、ときおり、コウモリが、落ち着かない羽音を立てて、視界をかすめ飛んだ。顔のあたりに、ときおり、蚊も羽音を立てていた。しばらく行くと、茂は、車いすをおす手を止め、テツの顔を見つめた。

「ここがひみつ基地なの？　ここに何があるの？」

恵一の問いにも答えないで、茂は、テツを見続けた。そして、突然、さけんだ。

「テツ！　ほえろ！」茂の声が、トンネルの中にひびきわたった。

するとそれに答えるように、テツがほえた。

「ウオーン、ウオン、ウオーン、ウオーン、ウオン、ウオーン」

テツのほえる声が、こだましてトンネルの中を通り過ぎて消えていった。恵一は、よほどおどろいたのだろう。一度車いすから立ち上がろうとして、ベルトに押しもどされ、また、いすにおさまると、少しの間じっとだまったままだった。しかし、恵一の心臓の高鳴りは、うでのふるえとなって、車いすの取っ手を通して茂の手のひらに伝わってきた。茂は、だまったまま車いすの向きを変えた。その瞬間、はるか入り口のあわい小さな光を人かげがさえぎったのに、茂も恵一も気づかなかった。トンネルを出るまで二人は一言も話さなかった。恵一の家の近くにきて、別れぎわに、茂が言った。

「絶対ひみつだよ。だれにも言わないでね」

すると、恵一も言った。

「約束するよ。言ったら、テツといっしょにいられなくなっちゃうもんね」

恵一は、本当にすごいひみつを知ってしまったことでむねが高鳴っていた。

七　バレたひみつ

その翌日、茂が学校から帰ると、アパートの前に、動物愛護センターの車が止まっていた。茂は、いやな予感がして、急いで様子をうかがった。軒伝いに身をよせてのぞいてみると、一階の管理人さんの部屋の前で、管理人さんと動物愛護センターの二人の職員が、話をしていた。テツがあぶない。まさか、恵一が？　茂は、あせった。まず、おじいさんに知らせよう。茂は、家に急いで入ると、おじいさんに電話した。

「おじいちゃん！　テツが動物愛護センターの人に連れていかれる！　早く帰ってきて！」

電話している茂は、もう、なみだが止まらなくなっていた。茂は、庭に出て、おじいさんを待った。工場は、近くにあり、もどってくるまでに十分とかからなかった。

茂には、とても長い時間のように思われた。

八　テツは名犬

茂が安じいさんと二階に行くと、管理人のおじさんが、二人のセンター職員（しょくいん）の質問（しつもん）に答えていた。

「犬がほえるのを聞いたことはないですか？」

「一度も聞いたことないですよ。ちゃんとそくを守っていると思いますよ」

「なにかご用ですか？」と安じいさんがたずねると、年上の男が、

「おたくの犬がほえるのを聞いたって人がいてね……」と、自信たっぷりに言った。

管理人のおじさんは、もう自分の役目は終わったと、そそくさと、階下へ下りて言った。安じいさんは、二人に向かって強い調子で言った。

「いつ、うちの犬がほえたと言うんだ！　ほえるはずはない。何かのまちがいだよ。管理人さんだって、聞いたことはないって言ってたじゃないか！」

「だめ、だめ。そんなこと言っても。こっちには、ちゃんと証人もいるんだから。自治会長のおくさんがほえたのを聞いているんだから」

若い方の男が、早く犬をよこせとばかりに言った。茂は、おそれていたことがすごいスピードで現実になっていくような気がした。

（恵一のやつ、あんなに強く約束したのに、母ちゃんにしゃべっちゃったんだ！）

そう思うと、くやしさがこみあげてきた。

「さ、犬をわたしてもらいましょう」年上の男が言った。

「いいでしょう。調べてもらいましょう」安じいさんは、そう言ってドアを開けた。

土間にはテツが、きちんとすわっていた。

「あんたら、うちのテツがほえるというなら、口を開けて声帯を調べたらいい。さあ！　早く調べなさい！」

二人の職員は、安じいさんのけんまくに気後れしながらも、ぼそぼそと相談してから、若い方の男が言った。

「じゃ、調べさせてもらいます。口を開けたとき、かじられたんじゃかなわない。別の方法で調べさせてもらいます」

　若い男は、持っていた捕獲棒の先で、テツの背中を数回強くついた。テツは身じろぎ一つしなかった。若い男は、不審そうに年配の男の顔をのぞきこんでつぶやいた。

「ふつうなら、少しは声を出すんですがね？」

「どれ、かしてみろ！」

　年上の男は、棒を受け取ると、棒をテツの首すじに当て、テツの顔がゆかにおしつけられるほど強くおし続けた。長くおしつけられて、テツが苦しそうに見え、茂がとっさに、かけよろうとしたが、安じいさんががっちりとかかえていて動けなかった。テツは、足をふんばって締め付けにたえていた。

「手術受けてるかも？」そう言って、若い男に調べの終了を告げた。

　帰り際、年上の男は、

「どうやら、ほえたというのはデマらしい。これだけいためつけて声を上げない犬はいないからね。自治会長のおくさんからの通報なので調べないわけにいかないんだ。悪く思わんでくれ」と言った。

二人が出て行くと、茂は、テツに飛びつかんばかりにかけより、首をだいた。

「テツ！　よくがんばったね」それだけ言うと茂はもう泣き出していた。

安じいさんはテツが棒で強くおしつけられたあたりをなぜながら、

「テツ！　お前ってやつは……。言いつけられたことは死んでも守り通す気なんだなあ！　名犬だよ。おまえは……」

そう言う安じいさんの目にもなみだがいっぱいたまっていた。

九　テツの決心

テツの危機は、ひとまず乗りこえることができた。あの日以来、茂は、恵一をさけ続けた。恵一が話しかけてきてもさけ続けた。

「ぼくは、絶対告げ口なんかしていない」と恵一がいくら言っても、茂は、

「もういいんだ。もうすぐぼくはいなかに帰るんだから。いなかには友達もいっぱいいるし、テツだって自由に生きられるもん」と、取り合おうともしなかった。

いなかに帰るには、いいタイミングだった。茂の町の立ち入り禁止の制限が、あと十日ほどで解除されると言う通知が来ていて、安じいさんと今度は実家に帰ることを決めていた。毎日、少しずつひっこしの準備をして、荷物がどんどんまとめられ、部屋の中はすっきりとしてきたが、茂の心は晴れなかった。

出発の前の日の夕方、茂は、机の中の整理に取りかかっていた。引き出しの中をかたづけていくうち、一枚の写真に目に止まった。それは、学芸会の写真だった。茂の視線は、自分のとなりで真剣にピアニカをふく恵一の顔に注がれていた。

（恵一は、本当に約束をやぶったのだろうか？　そんな友だちではないはずだ。もう一度話し合わないで、別れてしまっていいのか？）そんな思いがわき上がってきた。

茂は、テツの首輪にリードをつけると、テツを連れて恵一の家に向かって、走り出していた。

夕日が、スモックのかかった空さえ赤くそめ、所々の街路樹は黒いシルエットを作っていた。

まもなく恵一の家が見えるあたりに、あの動物愛護センターの車が止まっていた。

そこをさけながら、夕日がしずみかけるころ、恵一の家に着いた。家の人がいたっていいと、覚悟を決めて来た茂は、まよわず門をくぐった。庭先に来ても家の人のいる気配はなかった。恵一もいないのかと思いながら玄関に向かった。

そのときだった、テツが、茂の持っているリードをふりほどいてまっすぐに玄関にかけより、足でとびらをひっかき始めた。ただならないテツの様子に、茂が急いでとびらの取っ手に手をかけると、取っ手は楽に回ってとびらが開いた。中を見たとたん、茂は足がすくんでしまった。階段のそばの大きな木像がたおれ、その下に両足をはさまれた恵一が、死んだように横たわっていた。はさまれた左足からは、血が大量に流れ出し、ゆかに広がっていた。茂は、夢中でかけより木像をどかそうとしたが、びくとも動かなかった。

「恵一！　しっかりしろ！」

恵一のかたをゆすっても、恵一は動かない。茂の顔は青ざめ、どうしたらよいかとまどっていた。あせる気持ちでテツを見たときだった。テツは、茂の顔をしっかり見すえると、まっしぐらに外に飛び出していった。まもなくテツのほえる声が聞こえてきた。何回も、くるったようにほえ続けた。茂が、外に出ると、遠くからほえながらテツがもどってきた。後ろには、センターの車もせまってきていた。茂は、初めてテツの決心に気づいた。

「テツ！　にげろ！　つかまっちゃダメだ！　さ！　にげろ！」

茂は、テツの首輪からリードを外して、ぽんと背中をたたいた。テツは走り出した。一、二度茂の方をふり返ったが、全力で走り去っていった。テツを追ってセンターの車がやってきた。茂は夢中でさけんだ。

「大変です！　友達が死にそうなんです！　助けてください！」

車が止まり、年上の職員がまず、やってきた。続いて若い職員もやってきた。

「こりゃ、大変だ！　すぐ救急車だ」

二人は、まず、木像を持ち上げてどかすと、一人は救急車の手配をし、もう一人は、タオルで血止めの処置を行った。短い時間だったが、茂には、とても長い時間に感じられた。遠くからサイレンの音が近づいてきた。赤いライトの回転が、家の前で止まると、近所の人たちが大ぜい集まってきた。茂は、家を空けるときは、メモを置いてきているので、安じいさんもやってきていた。茂は、安じいさんの顔を見るなり、なみだがこぼれて止まらなかった。テツのいなくなった訳も説明する間もなく、二人は、救急車に乗りこみ、恵一に付きそって病院に行くことになった。あたりは、すっかり暗くなり、家々(いえいえ)のまどには、明かりがともっていた。

十　遠ぼえ

手術(しゅじゅつ)の準備ができたころ、恵一の両親が、息を切らせてやってきた。ねむりこんでいる恵一にはげしくよびかける母親を医師が制して、恵一を乗せたベッドは、手術室へと運ばれていった。茂が、安じいさんに、今日の出来事を一部始終話しているところに、恵一の母親が入ってきた。そして、茂のところにつめより、

「あなたね、恵一を下水道のトンネルに連れ出したり、手術もしていない犬をほえさせたりしているのは。恵一に良くないことばっかり教えるからこんなことになったのよ」

これを聞いた安じいさんは、頬を引きつらせていた。茂は、ぐっとくちびるをかんで何も答えないで、手術中と点灯されたライトをじっと見つめていた。

それから三十分、手術のライトが消えると、恵一がベッドに乗せられて出てきた。恵一はまだますいがきいているようで、目をつぶったままだった。しかし、顔の表情はおだやかで、赤みももどっていた。茂と安じいさんが帰ろうとしたところに、となり組の人たちが、ぞろぞろと見舞いにおとずれた。そして、手じゅつの成功を両親から聞いて、口々によろこびの言葉をのべていた。そして、その中の女の人が、恵一の母親に、

「恵ちゃんのお友達が、犬を連れてきて事故を発見して、その犬がほえ続けて動物愛護センターの人たちを連れてきてくれたから、恵ちゃんは助かったんですよ。利口な犬ですよね。犬がセンターの人をよびよせなかったら、恵ちゃんは、木像の下じきのまま、出血多量でどうなっていたか分かりませんでしたよ」と言った。

それを聞いた恵一の両親は、びっくりぎょうてん、特に、母親は、電気に打たれたように小きざみに体をふるわせていた。それから、ふと、われに返ったように茂に近

づくと、茂の手を取って、

「ごめんね。あんなひどいこと言って……」と言うと、かたをふるわせて、泣いた。

「茂ちゃんの犬のこと、動物愛護センターに通報したのは、おばさんなの。あの日、トンネルの入り口で犬のほえる声を聞いたの。恵一にも話さないで、私が通報したんです」と、泣き続けながら言った。

恵一の父親も口を開いた。

「犬をほえられないようにしたのは私なのに、ほえる犬に助けてもらったなんて、私の考えはまちがっていたかもしれない」

茂は、恵一の父の言葉を、なみだをこらえて聞いていた。テツはもういない。(ほえたら、さよならだよ)と、言い聞かせてきたから、テツはもう帰ってこない。そう思えば思うほど、熱いなみだがせきを切ったように流れ落ちた。恵一は、病室に運ばれていった。個室だった。病室のまどには、都会ではめずらしいほどすんだ月が、こうこうとかがやいていた。ほどなく恵一が目をさまし、茂を見つけて言った。

「茂、テツのこと告げ口したのは、ぼくじゃないよ。約束はやぶらないよ」

茂は、にっこりとうなずいた。恵一は続けて、

「ぼくってバカだから、茂に注意されたのを忘れて、階段(かいだん)をふみ外して、あの人形の方にたおれこんで、その下じきになっちゃった。でも、茂が、見つけてくれたから助かったよ。ありがとう」

「神様が、ぼくに茂のことを教えてくれたんだよ。よかったね」

「茂、いなかに帰るって言ってたけど、いつ行くの？」

「あと、五日しかいられないんだ。じつは、今日は、お別れのつもりで恵ちゃんの所に来たんだよ」

「そうだったんだ。ぼくも、六年生になったら、養護(ようご)学校に行くことになったんだ。これから、別々(べつべつ)だね」

「でも、はなれていたって、手紙でも、電話でも、連絡(れんらく)はとれるよ」

茂は、テツがもういないこと、帰ってこないことを話そうとしたが、悲しすぎて話すことはできなかった。と、そのとき、安じいさんが、急に立ち上がってまどを開けた。安じいさんは、目をかがやかせて言った。

「テツだよ。やっぱりテツの声だ！」

みんなが、耳をすました。

「ウオーン、ウオン、ウオーン……」

小さな声だったがたしかにテツの声だった。（ほえたときは、さよならだよ）と言い続けてきた茂の目にはまたも、熱いなみだがあふれてきた。

安じいさんは、茂のかたをだいて、

「テツは、利口な犬だ。きっと、先にいなかに帰って待っているわい」

と、めいっぱいの明るさで言った。月は、いっそうかがやきをまし、病室の中に光を注いでいた。

十一　立ち入り禁止かいじょ

茂と安じいさんは、テツがどうしているか気がかりで、出発を早めて、次の日、一般道で福島に向かった。四トン積のトラックにいっぱいになった家財道具を乗せて、道路ぞいにテツがいないか気をつけながら三時間かけて、初めて移った農家に帰った。

テツは、見つからなかった。

それから、四日たち、実家に入れる日がきた。立ち入り禁止かいじょの日だ。

なつかしい、実家に向かった。自宅の周りは雑草が生いしげり、あれ放題だった。

車から、家財道具を下ろし、家のそうじを始めたときだった。小さく犬の鳴き声が耳に入った。茂は、声をたしかめに表に出た。じっと聞き入っていた茂が、家にかけこんだ。

「じいちゃん！　テツだよ！　テツだよ！」

安じいさんも、茂について外に出て、声の方向を見つめた。茂が、

「テツーーー」

と出せるかぎりの大声でよぶと、見える見える、遠くても見まちがうはずのないテツのすがたが、どんどん大きくなるのが見えた。

テツは今まで見たことのないスピードで二人のところに来ると、うれしさを爆発させるように、二人の足元にじゃれついた。そして、甘えるように話しかけるような声

を出した。

「テツ！　やっぱりもどってたんだね。テツは、やっぱり、すごいよ」

茂も、安じいさんも、うれしさいっぱい、なみだぐんで、テツをなでた。すると、テツは、山の方に向かって三度ほえた。

（何だろう？　仲間の犬でもよんでいるのかな？）

茂も安じいさんもそう思った。

するとおどろき！　五頭の牛がぞろぞろともどってきた。四年間、人間にも会わないで生きぬいてきたのだ。牛たちは安じいさんに身をすりよせ、よろこんでいるようだった。

茂は、このことを、恵一に電話で知らせようと思った。

やっと茂も、落ち着いた、のびのびとした生活ができそうに思えた。


（完）

著者プロフィール

宮岡 一夫（みやおか かずお）

昭和19年、栃木県鹿沼市生まれ。
鹿沼市立東小学校・東中学校・県立鹿沼高校各卒。
宇都宮大学教育学部卒。
小学校教員（鹿沼市立板荷小学校・東小学校各校長）。
日本児童文学者協会鹿沼支部「河鹿の会」所属。
栃木県退職公務員連盟上都賀支部長。

二ひきのスカンク

2021年3月15日　初版第1刷発行

著　者　宮岡 一夫
発行者　瓜谷 綱延
発行所　株式会社文芸社
〒160-0022 東京都新宿区新宿1－10－1
電話 03-5369-3060（代表）
03-5369-2299（販売）

印刷所　株式会社フクイン

ISBN978-4-286-22336-0